溺愛ボイスと桃の誘惑

四ノ宮 慶

幻冬舎ルチル文庫

CONTENTS ✦目次✦

溺愛ボイスと桃の誘惑

✦カバーデザイン＝久保宏夏（omochi design）
✦ブックデザイン＝まるか工房

イラスト・水名瀬雅良 ✦

溺愛ボイスと桃の誘惑

【プロローグ】

シャワシャワシャワシャワシャワ……。

ミーンミンミンミン、ミー……。

あとは「ニィニィ」だとか「ツクツクボーシ、ツクツクボーシ」だとか。

とにかく日本の関東に生息するありとあらゆる蟬《せみ》の鳴き声が、そこかしこに響きまくる、それはもうクソ暑い、夏の日のこと。

「キタちゃんよぉ」

かれこれ二十年ほどの付き合いになる楠木《くすのき》が、ボタンを外したワイシャツの胸許《むなもと》を扇子《せんす》でパタパタ扇《あお》ぎながら言った。

「まだ、書く気になんねぇか？」

電話やメールでは埒《らち》があかねぇと思ったのだろう。

いつの間にやら出世して編集長となったこの人と、こうやって顔を突き合わせるのは実に五年ぶりだった。

「なんのことだか、分かんねぇなぁ」

背を向けて、縁側でごろりと寝そべったまま煙草を吹かし嘯《うそぶ》く。

「そっか、分かんねぇか」

無駄に付き合いが長いだけあって、押し問答になるのを知っているんだろう。楠木は鸚鵡《おうむ》返しに言ったかと思うと、家政婦が出した麦茶を音を出して啜《すす》った。

ズズ……という音が耳に障って、ざわざわと感情がささくれ立つ。

「あのさ、楠木さんよぉ。誰に何度来てもらってもおんなじだ。俺はもう書かねぇって決めたんだ」

いい加減、面倒臭い。さっさと帰ってくれねぇかと、突きつける言葉も乱雑になった。

「理由を聞かせちゃくれねぇか」

「それが分かんねぇから、こうやって二年も引きこもってんだろ？　前にも電話で言ったが、とにかく馬鹿らしくなったんだよ」

もう数えるのも億劫《おっくう》なくらい繰り返した、会話。

それだけに、楠木もそれ以上は突っ込んではこない。

しかし数秒の間をあけると、さっきとは違ってちょっとだらけた感じの声で呼びかけてきた。

「ところでよ、キタちゃん」

「……なんだよ」

まだ他に用があったのかと、わずかに振り返って問い返す。汗で眼鏡《めがね》が鼻梁《びりょう》を滑った。

「この庭、いつから手ぇ入れてねぇんだ？　昔はきっちり植木屋入れて管理してただろう？」

俺が寝そべった縁側の向こうに広がる空間は、一面の緑で埋め尽くされていた。

大正時代に曾祖父《そうそふ》が建てた家の庭は、楠木が言ったとおり以前はそこそこ見栄えのする日本庭園だった。

けれど今は、草木が鬱蒼《うっそう》と生い茂り、藪《やぶ》どころか森といった様相をていしている。

さっきからやたらとうるさい蟬の鳴き声は、この濃い緑で覆われた庭と、奥に続く裏山から響いていた。

「知ったことかよ」

小指で左耳をほじりつつ吐き捨てる。

ここ数年、何もかもが面倒臭く、馬鹿らしく思えて仕方のない俺に、庭の手入れをしようという気が起こるはずがない。

「先代や先々代のじいさんが大事にしてた庭だと言ってなかったか？　俺は庭の良し悪しはこれっぽっちも分からねぇが、ここの庭は居心地がよくて好きだったんだがなぁ」

昔を懐かしむ楠木の声を背に聞きながら、俺はかつての庭の様子を思い浮かべた。

そうしてふと、思い至る。

季節ごとに違った顔を見せていた美しい庭は、木々や草花をきちんと手入れしてこそだったのだ……と。

だが、今は見る影もない。

――この庭を眺めながら仕事がしたくて、じいさんから譲り受けたのにな。

そんなことも忘れるくらい、本当に何もかもどうでもよくなっていたのかと気づき、我ながら呆《あき》れた。

「お前もこの庭も、すっかりくたびれちまったなぁ」

背後で楠木が苦笑交じりに溜息《ためいき》を吐《は》くのを感じて、こそりと無精髭《ぶしょうひげ》の生えた顎《あご》を撫《な》でつつ自嘲《じちょう》の笑みを浮かべる。

「なあ、キタちゃん」

短い沈黙の後、楠木が再び口を開いた。

俺は無言で、見るとはなしに雑草で埋め尽くされた庭に目を向けていた。

「書け、とは言わねぇ」

「……フン」

しかし俺は、その言葉を信じるつもりはない。絶対に、裏があるに違いない。

俺の勘繰りに気づいているのかいないのか、楠木が続ける。

「ただ、ときどき様子見ついでに寄らせてもらって、酒でも一緒に飲まねぇか？」

「奢《おご》りだったら、大歓迎だ」

俺は即答した。

何を言ってやがる……と思ったが、タダ酒ほど美味《うま》いものはない。

すると、相手も即座に応じる。

「もちろんだ」

楠木が肩を揺らしたのが分かった。

「この庭を眺めながらの一献なんて、洒落《しゃれ》てねぇか？」

酔狂な奴だな、と思いつつ振り向いて訊《たず》ねる。

「藪をか？」

すると楠木が肩を竦《すく》めてみせた。

「馬鹿言うな。手入れするに決まってんだろ」

「誰が？」

まさか俺にやれなんて言わないだろうな……と睨《にら》み返すと、意を察したのか楠木がガハハと大きな笑い声をあげた。

「庭師にやってもらうさ。ツテがある」

そう言って、意味もなく自信満々といった表情を浮かべる。

「言っておくが、アンタが勝手に言い出したんだ。俺は一銭たりとも出さねぇぞ」

恩に着せられて原稿をせがまれようが、構うものかと強気に出てみた。

すると、楠木が「馬鹿言うな」と繰り返した。

そういえば、口癖だったと思い出す。

「お前にはデビュー作からずっと美味い汁を吸わせてもらってきたんだ。庭の手入れぐらい俺のポケットマネーから出してやるよ」

見返りに原稿を要求されるのではと身構えていただけに、肩透かしを喰《く》らった気分だ。、

「ふ〜ん」

疑念は拭《ぬぐ》いきれなかったが、とにかく面倒臭かった俺は、再び鬱蒼とした庭に目を向けてぶっきらぼうに返事した。

「好きにしろよ」

途切れることのない蟬時雨《しぐれ》は、俺の声を搔《か》き消してはくれなかったようだ。

「よし、許可は得たぞ」

「……え？」

返ってきた言葉にふと不安を覚え、のそりと起き上がる。

振り向くと、楠木が「よっこらしょ」と座卓に手をついて立ち上がるところだった。

「じゃあ、庭がきれいになったら、お前の気に入りそうな酒でも持って寄らせてもらうよ」

少し薄くなってきた頭を手で撫でながら、楠木が俺の顔を見てニヤリと笑う。

「あ、ああ……」

深く笑い皺《じわ》が刻まれた目許を認めた瞬間、懐疑的な感情がむくむくと湧《わ》き上がってきた。

「……でも、なんで急に」

「なあ、キタちゃん」

問い返そうとした俺の声を遮ると、楠木が帰り支度をしながら続ける。

「お前、なんのために書いてきたんだ？」

「は？」

予期しなかった問いかけに、思考が停止した。

——なんの、ために……って？

「ま、別に今、答える必要はないが、特定の人間じゃなくても、読ませたい相手を想定して書いたことが、お前さんにはないんじゃねぇかなって……」

型崩れしかけた分厚いビジネスバッグを手に、楠木が目を細める。

「どういう……ことだ？」

意味が分からず問い返した。

しかし、楠木は薄く微笑《ほほえ》んだかと思うと顔の前で二、三度手を軽く振っただけ。

「悪い。ただの戯《ざ》れ言《ごと》だ。気にすんな」

そう言うと、縁側でポカンとして固まってしまった俺に、小さく会釈して背を向けた。

「じゃあな」

「……あ」

はたと我に返り、強張《こわば》る唇を動かす。

しかし……。

「おい、楠木さん」

言いようのない焦燥に駆られて発した声は、激しい蝉時雨に掻き消されてしまった。

【一日目＊植木職人】

どうなってんだ？

庭から聞こえる蟬の声に、秋の虫の声が混ざり始めた頃。

喜多川《きたがわ》はウェストのゴムがよれよれに伸びたスウェットパンツの裾《すそ》を引き摺《ず》りながら、縁側に腰を下ろした。

デビュー当時から世話になった編集者の楠木から、荒れ放題の庭を手入れすると宣言されて、もう一カ月が過ぎようとしている。

『庭がきれいになったら、お前の気に入りそうな酒でも持って寄らせてもらうよ』

楠木のことだから翌日にでも庭師を送り込んでくるかと身構えていたのだが、あれからいっこうにその気配がない。

もう来るか、今日来るか？

……と落ち着かない日々を過ごすうち、暦の上では秋になってしまった。

楠木はきっと、庭の手入れの経過観察を口実に毎日のように家にやってきて、原稿を書けとせっつきまくるのではないかと思っていた。

しかし、それはどうやら違ったらしい。

「まさか、担がれたんじゃないだろうな？」

いまだ雑草がもっさりと埋め尽くす庭を眺め、小さく舌打ちする。

「どっちにしたって、書かねぇけどな」

言いながら、喜多川は縁側に置いた漆塗りの角盆に手を伸ばした。木目を活かした塗り盆には、今年最初の秋刀魚《さんま》の塩焼きがのっている。横にはガラスの酒器に入った冷酒が置かれてあった。

この秋刀魚は、週に二、三度、掃除や洗濯などを任せている家政婦の槙田《まきた》が差し入れてくれたものだ。

喜多川は生まれてこのかた、自炊など一切したことがない。

残暑厳しい初秋の縁側で、日が高いうちから旬の秋刀魚を肴《さかな》に一杯。

「あ〜、美味いっ！」

ゴクリと突き出た喉仏《のどぼとけ》を上下させて冷えた酒を嚥下《えんか》すると、喜多川はふぅ〜っと息を吐いた。

カナカナと鳴く蜩《ひぐらし》の声に、リリーンリリーンというコオロギの声が重なる。

時間を気にせず、好きなときに飲み、好きなときに寝る。

喜多川は祖父から受け継いだ古い日本家屋で気楽な一人暮らしを送っていた。

気が向いたときには散歩がてら近所の商店街まで足を延ばし、総菜や弁当を買って小さな公園に立ち寄り、ちょっとしたピクニック気分を味わったりする。

隠居した老人さながらの毎日だ。

しかし二年前までは、愛用のノートパソコンに向かって、飯を食う時間も惜しいと一心不乱にキーボードを叩く日々を過ごしていた。

本当に、変われば変わったものだと思う。

十七歳のとき、高校の文学部の活動の一環で発行した同人誌が編集者の目にとまったのが、作家・喜多川丸嗣《かんじ》のデビューのきっかけだ。

ペンネームは喜多川を最初に担当してくれた楠木が、本名の「寛治《かんじ》」を弄《いじ》って名付けてくれた。

十八歳でデビューしてもうすぐ二十年。

その間、喜多川は数々の文学賞を総舐《そうな》めにしてきた。

デビュー作は高校生らしい学園青春ミステリーだったが、喜多川の作品は多岐にわたる。

ミステリーはもちろん、シリアスな文学作品やコミカルでライトなラブコメ、官能小説に時代小説、果てはライトノベルに児童文学や絵本まで、ジャンルを問わず書きまくった。

頭の中に次から次へと溢《あふ》れてくる妄想の世界を、ただただ夢中になって書き綴《つづ》ったのだ。

そして、それらの作品はことごとく、売れた。

ミリオンセラー……とまではいかずとも、どの作品も重版に次ぐ重版。

気づけば喜多川は【書けば、売れる】ヒットメーカーになっていた。

「まさか物書きになるなんて、これっぽっちも思っちゃいなかったんだがなぁ……」

ぼんやりと過去に想いを馳《は》せながら、ガラスのぐい呑《の》みを傾ける。

高校で文学部に入ったのは、廃部寸前だったのを助けてほしいと同級生に頼まれたからだ。

喜多川自身はとくにコレといった趣味もなく、部活動にも興味がなかった。

けれども、幼い頃から妄想の癖があった。

近所の子供たちと一緒に外を駆け回ったりゲームに没頭することもなく、一人でぼんやり空を見上げ、妄想の世界に浸っているのが好きだったのだ。

文学部に入っていなければ、自分の頭の中の妄想を物語という形で世に出すことはなかっただろう。

そうやって尽きることのない妄想の溢れるまま、小説を書き続けて十数年が経《た》った、ある日——。

喜多川はふと、現実世界を振り返ってしまった。

妄想することと原稿を書くこと以外、人間としてはからきし駄目な喜多川の家には、手土産をぶら下げた編集者が日替わりで顔を出す。書けばなんでも売れるベストセラー作家から一枚でも多くの原稿を得ようと、アレコレ世話を焼いてくれるのだ。

いつ間にかそれを当然のこととして受け入れている自分に、喜多川は唖然《あぜん》とした。

書けば、売れる。

それが出版社の利益になることは理解していたが、一度として金が欲しくて書いたことはない。

だが結果として、喜多川のもとには使うあてのない金が振り込まれてくる。

自分の口座に金がいくらあるかなんて考えたこともないが、おそらく結構な金額になっているはずだった。

――世の中、こんなお安くていいのかよ。

何故《なぜ》だか分からないが、どうしようもない虚《むな》しさを覚えた。

読者を楽しませようと思ったことはおろか、自分の書いたものを誰かに読んでほしいと思ったことすらなかった。

ただ、自分の頭の中の妄想を形にしてきただけ。

そんな喜多川の書いたもののために、編集者たちは自分に媚《こび》を売り、読者は金を払う。

対価として喜多川が得るのは、管理しきれないほどの金と、嬉しくもない賞賛の言葉。

本当に欲しいモンは、まったく手に入らねぇってのによ……。

……こんなんでいいのか?

そう思ったら、急に、何もかもが馬鹿馬鹿しくなった。

すると不思議なことに、どんなに吐き出しても止まることなく溢れていた妄想が突然、頭の中から欠片《かけら》もなくなってしまったのだ。

そうして「もうしばらく、書きたくねぇ」と休筆宣言をぶちかましたのが、丁度二年前の夏――。

以来、仕事は全部断った。

いくつかの連載も休載扱いとなったまま。

正直、自分の身勝手で方々に迷惑をかけていると思う。

だが、妄想が浮かばなくなった時点で書けないのだから、どんなに頼まれても無理な話なのだ。

結局、喜多川は知らぬ間に貯まっていた印税を齧《かじ》って、何をするともなく日々を過ごしている。

一カ月のうちに数度、編集者がご機嫌伺いにやってくるが、無精髭にボロボロのスウェット姿の喜多川を前にすると「じゃあ、書けそうになったらご連絡を……」なんて言って、そそくさと帰るのが常となっていた。

「……それにしても」

秋刀魚を半分ほど食べたところで、喜多川は箸《はし》を止めた。小骨が奥歯の隙間《すきま》に刺さって気持ち悪いことこの上ない。

「ったく！」

指を口の中に突っ込んで、どうにか細くて白い小骨を取り除き、指で庭に弾《はじ》き飛ばすと同時に吐き捨てる。

「寄越すってンなら、さっさと寄越しゃいいだろうが！　糞《くそ》ジジィッ！」

　荒れ果てた庭と喜多川を同じように「くたびれちまったなぁ」と言った楠木を罵《ののし》ると、ぐい呑みを手にしてぬるくなった酒を一気に呷《あお》った。


　九月に入ったというのに残暑はいまだに厳しく、二十三区内では熱帯夜が続いていた。

　喜多川が暮らす郊外でも、エアコンか扇風機がないとなかなか寝つけない。

　この日、喜多川は寝汗を流そうと、朝から風呂に入った。

　ぬるめの湯に浸《つ》かり、ボサボサに伸びた髪とひょろりとした身体《からだ》を手早く洗って、最後は冷たいシャワーを浴びる。

　髭は、面倒臭くて剃《そ》らずに出た。体毛はそれほど濃い方ではないけれど、もう十日は剃っておらず、顎や頬《ほお》にごま塩みたいに髭が伸びている。

　もともと、身なりに気を遣う方ではなかったが、外出や人と会う機会が減ってからは、不精に磨きがかかった。

　適当に身体を拭って眼鏡をかけ、タンスの中から一番上にあった服を取り出して身につける。Tシャツと揃《そろ》いのプリント柄のステテコは、楽で最近よく着ていた。

着替えが済むと、台所で六枚切りの食パンを皿にのせ、コーヒー牛乳を紙パックごと持って庭に面した座敷に向かう。

「イタッ！」

ガツン、と家中に低い衝撃音が響く。

と同時に、額に激しい痛みが走った。

「ううっ……。またかよ……クソ」

鴨居《かもい》の下に蹲《うずくま》り、痛みに顔を顰《しか》める。

一八十センチ超えの喜多川にとって、古い造りのこの家はトラップだらけだ。台所や風呂などの水回りはさすがに改装を施しているが、それ以外は建てられた当時のままで、今みたいに鴨居に頭をぶつけることも少なくない。

「いい加減、慣れたつもりだったのによぉ……」

デビューして数年後、二十二と二十四歳のときに相次いで両親を亡くし、一人暮らしを心配した祖父が同居を申し出てくれてから、もう十年以上この家で暮らしていることになる。

それなのに、いまだにやたらと鴨居に頭をぶつけてしまうのだ。

「……うぇ、タンコブになってやがる」

よろよろと座卓に歩み寄って牛乳パックを置くと、ヒリヒリする額にそっと触れてみた。

濡《ぬ》れた髪が張りついた額がこんもりと腫《は》れて、触れると頭の奥に向かって鈍痛が走る。

「イテテテテ……ッ」

ぎゅっと眉間《みけん》に皺を寄せて痛みをやり過ごすと、喜多川は手にした食パンをそのまま口に運んだ。焼かずに何もつけないで食べるのは、単に面倒臭いからだ。そして当然のように、牛乳パックに直接口をつける。

行儀が悪いことは分かっているが、とにかく、面倒臭い。

喜多川は家事が一切できない。

幼い頃から夢見がちでぼんやりしていることの多かった喜多川を、両親は叱《しか》ることも急《せ》かすこともなく、のびのびと好きにさせてくれた。

ともに三十代後半で生まれた一人っ子だったからだろう。家事の手伝いを強要されたことも一度もなく、甘やかされて育った自覚がある。

そのため、祖父が寝たきりになったときには、通いの家政婦に頼らざるを得なかった。

その家政婦が、今もこの家の家事一切を任せている槙田だ。

食事は喜多川が頼めば、そのまますぐに食べられるようなものか、せいぜい電子レンジで温めるだけの総菜などを作り置いてくれる。それ以外の食事はコンビニや近所の商店街、駅前のスーパーなどで買ってきて済ませていた。

外食は、編集者らに誘われれば出かけていくが、近頃一人ではほとんどしていない。

「しかし、なかなか涼しくならねぇな」

もぐもぐとパンを咀嚼《そしゃく》しながら、いまだ青々と生い茂る庭の雑草を眺めた。

月が変わってから、喜多川はすっかり楠木の言葉も庭の手入れのことも忘れてしまっている。思い出しても「そんなこと言ってたな」と思うぐらいで、以前のように苛立《いらだ》つこともなくなっていた。

「さぁて……」

今日はどうするか……などと思いつつ、飾り棚の上の古い置き時計に目をやる。振り子のついたネジ式のもので、なんでももとはドイツ製の柱時計らしい。曾祖父の代から何度も修理を繰り返し、今も現役でカチカチと時を刻んでいる。

シンプルだが洗練された形の二本の針は、丁度九時を指そうとしていた。

そのとき——。

ピンポーンとインターフォンの音が鳴り響いた。

「誰だぁ?」

どうせどこだかの編集者に違いない。

そう思いつつ、喜多川は「よっこらせ」と小さくかけ声を発して立ち上がった。口の中にはまだパンが残っている。

じんじんと疼《うず》く額を掌《てのひら》で摩《さす》りながらのろのろと玄関に向かうと、引き戸の磨きガラスに複数の人影が映っていた。

――ん？

いったい誰が、なんの用があって、こんな朝早くから訪ねてきたのだろう。

喜多川は訝《いぶか》しみつつも、大して警戒心も抱《いだ》かずに引き戸を開けた。

「朝早くからスンマセン！」

張りのある野太い声と同時に、目の前に紺色の作業着に身を包んだ厳《いか》つい中年男が姿を現す。

「えっと、どちらさん？」

喜多川はようやく口の中のパンを嚥下すると、作業着姿の男をレンズ越しに見つめて問いかけた。

「あれ？　今日から作業に入るって、楠木から連絡ありませんでしたかね？」

首を傾《かし》げつつ、男が胸のポケットから名刺を取り出した。

「楠木……さんから？」

差し出された名刺を受け取り、そこに記された文字を目で追う。

――植智《うえとも》……造園《ぞうえん》？

するとすぐに、喜多川の頭の中でいくつかの事象が符合した。

「あ……庭師、か？」

「はい。楠木からは早いうちに連絡をもらってたんですが、なにせ夏場は繁忙期でしてね。いくら後輩の頼みで、有名な作家先生ン家の仕事でも、馴染《なじ》みのお客さんを後回しにするわけにはいかなくて、随分とお待たせすることになっちゃったんですよ」

早口でそう言うと、男――植智造園社長・漆沢智昭《うるしざわともあき》は日焼けした顔をくしゃっとさせた。

「……や、それはいいんだけどさ」

話は分かったが、楠木からは何も連絡をもらっていない。

「今日だなんて、俺は聞いちゃいないんだ」

あからさまな困惑顔を浮かべてみせるが、漆沢は屈託のない笑みをたたえ気にする素振りもない。

「ああ、大丈夫です。先生はいつもどおりにしててくださって結構なんで」

「いや、あのさ。いつもどおりって言うけど……」

「楠木から『先生が文句言ってゴネたりしても作業は進めろ』と、きつく言われてるんですよ。庭と駐車場、それとちょっと水場をお借りするぐらいで、お手間は取らせませんから、こちらのことは放っといてくださって結構です」

「けど……っ」

「じゃあ、さっそく始めさせてもらいます。……おい、お前ら始めるぞ！」

喜多川を無視して、漆沢が後ろに控えた職人たちに指示を出す。

「楠木から料金を前払いでもらっちゃってるんですよ。おまけに、急な依頼だからって随分と上乗せしてくれてましてね。それにこちらの後にも待ってるお客さんがいるんで、今さら

『じゃあ日を改めます』ってわけにはいかないんですよ」

「うぅ……」

白い歯を見せてニカッと笑う漆沢に、喜多川は何も言い返せなかった。

「……誰の家だと思ってやがるっ」

座敷に戻って座卓の前にどっかと座り、残っていたパンを噛《か》みちぎった。

庭では職人たちが声をかけ合い、様々な道具を運び込んでいる。

「先生、ちょっとよろしいですか」

喜多川が牛乳を喉を鳴らして飲んでいると、縁側から漆沢が身を乗り出すようにして呼びかけてきた。

「なんだね」

不機嫌オーラを全開にして横目で応える。

「楠木からだいたいの様子を聞いて作業日数の見積もりを出してたんですが、さっき改めて庭の様子を見せてもらったら、思ったより酷《ひど》い状態でしてね。二日で済ませられると踏んでたのが、三日はかかっちまいそうなんです」

漆沢が庭に目をやり「よくまあ、これだけ荒れ放題になるまで放っといたもんだ」と憚《はばか》りもなく零《こぼ》す。

「草木なんてもともと自然に生えてるもんだろう。手入れなんかしなくても、好きにさせときゃいい」

やぶれかぶれになって、ぶっきらぼうに言い放った。

すっかり忘れた頃に庭師を送り込んでくるなんて――。

楠木にしてやられたと思うと、喜多川は悔しくて仕方がない。

「先生、冗談言っちゃいけません」

すると、人の好《よ》さそうな笑みをたたえていた漆沢が、急に真剣な顔つきになった。

「庭の木や花は手入れをしてやらないと病気になって枯れたり、花をつけなくなることがある。自然とおっしゃいましたが、庭は人が造ったもんです。そこに植えられた木や花はその時点で自然のものじゃない。きちんと人が世話してやってこそ、美しい佇《たたず》まいを保ち、花を咲かせ、季節ごとの変化を楽しませてくれるんですよ」

熱く語る漆沢の言葉には、庭師として多くの草木に関わってきた者の説得力があった。

「これだけの庭だ。きちんと手入れしてやれば、見違えるように生き生きとするに決まってます」

残暑の日差しに濃い緑を強く浮かび上がらせる庭の木や草を振り返る漆沢につられ、喜多川もスゥッと視線を庭に向けた。

「あ」

一点を凝視し、口をポカンと開ける。

喜多川の目は、池の縁に植えられた松の木のそばで脚立を組み立てる職人に吸い寄せられた。

頭に巻いたタオルの隙間から覗《のぞ》く髪は明るい茶色で、身体つきもほっそりして随分若く見える。漆沢のように作業ツナギではなく、藍色の長袖《ながそで》のシャツとニッカズボンより細身の特徴あるズボンを穿《は》いて、足許は地下足袋《じかたび》という見るからに職人というスタイルだ。腰のベルトには鋏《はさみ》や鋸《のこぎり》が入ったホルダーがいくつもぶら下がっていた。

「あ、あ、あ……っ」

声にならない声を零し、眦《まなじり》の小皺が伸びきるほど目を見開き、首を突き出す。

瞬《まばた》きするのも惜しいとばかりに、喜多川はその職人をじっと見つめた。

「先生、どうかしましたか……？」

喜多川の異変に気づいた漆沢に呼びかけられるが、返事をする余裕もない。

「……おい、おいおい……っ」

ブツブツと小さく呟《つぶや》きながらふらふらと立ち上がると、喜多川は引き寄せられるように縁側に出た。

視線はずっと、松の木の下で作業する職人に注がれている。

「マジか……嘘だろ？　信じられねぇ……っ」

囈言《うわごと》のように短い言葉を繰り返し、腰から膝《ひざ》のあたりにかけて膨らみのあるズボンを穿いた職人の尻を凝視し続ける。

「スゲェ……」

ゴクリ、と喉が鳴った。

「おい、先生」

漆沢の声をどこか遠くに聞いた気がした、そのとき——。

茶髪の職人が腰を折り、こちらに向かって尻を突き出すような格好をした。

ブチ、と。

喜多川の頭の中で何かが千切れた音が響いた。

血管が切れたのか、神経が切れたのか、それとも理性が吹き飛んだのか。

次の瞬間、喜多川は縁側の板を蹴《け》り、裸足で勢いよく庭に飛び出していた。

「こんなところにいたのかよぉ——っ！」

雄叫《おたけ》びを上げ、一目散に駆け寄る。

喜多川の目には、茶髪の職人以外、庭の緑も眩《まぶ》しい日差しも他の職人たちの姿も見えなくなっていた。

「……えっ？」

奇声に驚いた職人が振り返るより一瞬早く、喜多川はその細い腰に抱きついた。

「こ、小尻ちゃん！　なんて素晴らしいんだ！　信じられねぇ！　もう一生出会えないと思ってたのに……っ！」

勢い余って職人ごと庭に倒れ込む。

はずみで眼鏡が外れたが、生い茂った雑草のお陰で痛みはほとんどない。

「う、うわぁ……っ！」

職人が困惑の声をあげ、ムアッとした草いきれに包まれた。

「な、何っ……？　え、えっ？　な、な……っ」

足をばたつかせる職人の腰を、喜多川はしっかと抱えて放さない。

「まさかこんなところで見つけるなんて……！　ああ、信じられねぇ。夢みたいだ！」

感極まって涙が滲《にじ》んだ。

職人の尻に頬擦りしながら「信じられない」と繰り返す。

「……ぉ、おい。放せよ、オッサン！」

職人が雑草をワサワサと揺らして叫んだ。

「き……気持ち悪いことすんな！　ちょっと……社長！　このオッサンどうにかしてください！」

腕を摑《つか》んで引き剝《は》がそうとするのに、喜多川は必死で抵抗する。

「馬鹿やろう！　ここで会ったが百年目だ。誰が放すかよ！」

そこへ、漆沢や他の職人たちが近寄ってきた。

「先生、アンタ何やってんだ？」

「大丈夫かよ、おい」

口々に言いながら、喜多川を職人から引き剝がしにかかる。

「イヤだ！　邪魔すんな！」

引きこもり生活を送っている喜多川の抵抗なんて、数人の植木職人の手にかかればほとんど意味をなさなかった。

「貴悠《たかはる》、ケガはないか？」

漆沢が茶髪の職人を引き起こし、訊ねる。

「大丈夫……です」

頭に巻いていたタオルが外れ、長い前髪が簾《すだれ》みたいに目を覆っていた。その隙間から鋭い視線が喜多川を突き刺す。

嫌悪感もあらわに睨みつけられているというのに、喜多川の興奮は冷めやらない。

「ふざけんな！　お前ら放せっ！」

二人の職人に両脇から羽交い締めにされ、駄々っ子のように泣き叫ぶ。バタバタと手足をばたつかせては、人目も憚らずに涙を流して暴れた。

「ア、アレこそ、俺が長年探し求めた理想の……っ」

アラフォーオヤジが何を言っているんだと、職人たちが顔を見合わせる。

「ほら、先生。眼鏡が落ちちゃってるってば」

「細ぇなぁ、アンタ」

長年座り仕事ばかりでろくに運動などしてこなかった喜多川が、多少暴れたところで敵《かな》うわけがない。

そのとき、庭から門扉へと抜けるくぐり戸から、間延びした声が届いた。

「おーい、キタちゃん。何やってんだ？」

庭にいた全員が振り返る。

「アレ？　なんか悶着《もんちゃく》でもあったかね？」

はたしてくぐり戸の前には、薄くなり始めた頭をハンカチで拭いながら、楠木がキョトンとした顔で立っていた。


「朝っぱらからなんの騒ぎかと思えば……」

座敷のパンと牛乳は、楠木が片付けてくれた。座卓の上の麦茶も、楠木が淹《い》れてくれたものだ。

庭では何もなかったかのように、漆沢たちが作業を再開している。草刈り機の音があちこちから聞こえてきて、頭痛がしそうなほどだ。

「で？　なんだっていきなりあの職人に飛びかかったりしたんだ？」

楠木がチラッと庭に目をやる。

座卓を挟んで向かい合ったまま項垂《うなだ》れていた喜多川も、そっとあの茶髪の職人の様子を盗み見た。

「なんでって、そりゃあ……」

言いかけて、口をポカンと開けたまま固まってしまう。

刈り取られた雑草をまとめて一輪車にのせ、黙々とくぐり戸の脇へ運んでいく様子を横目でじぃーっと見つめた。

——いい。実に、いい。

知らず、口許がゆるむ。

「おい、キタちゃん。訊《き》いてんだから答えろよ」

だらしない顔を晒《さら》しているのを楠木に咎《とが》められ、喜多川は後ろ髪引かれる想いで不思議そうな顔をしている初老の男と向き合った。

「だって、仕方ねぇだろ」

叱られた子供みたいな口調で言って、また項垂れる。

ふと、服がアチコチ緑色に汚れているのに気づいた。雑草の中に倒れ込んだとき、草の色がついたのだろう。

「まさかこんなところで出会うなんて、思ってなかったんだからよ」

胡座《あぐら》を掻いた足の上で両手の指をモジモジと遊ばせながら答える。

すると楠木が少し身を乗り出して、さらに訊ねてきた。

「出会うって……あの職人とか？」

「……」

喜多川は無言で頷《うなず》いた。

「知り合いか？」

「……うぅん」

今度は首を左右に振る。

「じゃあ、なんだ。お前、知り合いでもない初対面の男に飛びかかって、ギャーギャー泣き叫んでたってのか？」

楠木が呆れたとばかりに溜息交じりに言うのに、返す言葉もない。

「で？　理由はなんなんだよ。感極まって飛びかかるぐらい、あの職人、戸田《とだ》……貴悠くんっていってたか。彼に、何か思うところがあるんだろ？」

楠木がズズッと麦茶を啜る。

つられて喜多川も手を伸ばし、グラスに口をつけた。そうしてそのままの格好で、再び庭に目を向ける。

降り注ぐ日差しの中、貴悠という職人はときどき汗を拭いながら作業に没頭していた。飛びかかって倒れ込んだときは前髪が邪魔して気づかなかったが、よく見れば随分ときれいな顔立ちをしている。卵型の輪郭に小さな頤《おとがい》、大きくて丸い目は眦が少し切れ上がっていて猫みたいだ。ぽってりとした下唇は肉感的で、アイドルタレントだと言われれば信じてしまいそうだった。

何よりも――。

「尻が、いい」

ぼそり、と口に出した途端、楠木が「はあっ？」と素《す》っ頓狂《とんきょう》な声をあげた。

「おい、尻って……。アレはどう見ても男だぞ？」

予想していた反応に、喜多川は貴悠の姿をチラ見しながら言い返す。

「分かってるよ。俺だってそれなりにショック受けてんだ。……けど、どうしようもねぇだろ。あの職人の尻……俺の理想そのものなんだからよ」

両手いっぱいに雑草を抱え、一輪車へ運んでいる貴悠の尻を見つめつつ、うっとりと嘆息する。

するとまるで喜多川の視線を察知したかのように、貴悠がハッとして座敷を振り返った。頭に巻いたタオルからはみ出た前髪が、形のいい額に汗で張りついている。

「あ」

思わず悪戯《いたずら》がバレた子供みたいなバツの悪い表情で舌を出してみせると、貴悠がギロッと睨んでくる。

アイドルみたいだ……と思ったが、眉間に深々と皺を刻み、上目遣いに睨みつける表情は、まるでヤンキーそのものだ。

暑さのせいか、それとも喜多川に対する怒りのせいか、貴悠の目許は遠目にも分かるくらい紅潮していた。

「えへへ……」

喜多川は強張った作り笑いを浮かべると、ぎこちなく目をそらした。

「怖《こえ》ぇ……」

きれいな顔立ちはしていても、やはりどう見たって男だと思い知らされる。

「当たり前だろうが。見ず知らずの男にいきなり襲いかかられたり、尻を凝視されたら、誰だって気分のいいモンじゃねぇだろう」

楠木の言うことはもっともだと思う。

「俺だって男のケツに我を忘れるなんて思っちゃいなかったよ！　けど、仕方ねぇだろ……」

油断するとつい貴悠の尻を盗み見てしまいそうになるのをなんとか堪《こら》え、麦茶を飲みながら楠木に言い返す。

「三十七年の人生ではじめて、真の理想の小尻に遭遇したんだ。理性もへったくれもあるかよってんだ」

貴悠の尻を見た途端、喜多川の全身を文字どおり電流が走り抜けた。

——まさかこんな使い古された表現を、自分が身をもって体験するなんてな……。

今だって、心臓がドキドキと高鳴って鎮まる気配がない。

「キタちゃん、まさか……」

草刈り機の音で庭の連中には聞こえる心配はないだろうに、楠木が声を潜めた。

「嫁さんと別れたの、それが原因なのか？」

「……っ」

一瞬、妙な間が空いてしまった。

「ち、違《ちげ》ぇよ！」

慌てて否定するが、楠木は意味深な微笑みを浮かべる。

「いいじゃねぇか。もう十年以上も前のことだし、アチラさんも若気の至りだったたって言ってんだろ？」

「そりゃ、そうだけどよ……」

喜多川は二十五歳のときに一度結婚している。相手はテレビの取材で知り合ったアナウンサーで、喜多川のファンだった。

「愛嬌《あいきょう》のある美人でスタイルもよくて……。お前さん、これ以上の相手はいないって言ってたのになぁ」

両親を相次いで失った直後に出会った彼女は、傷心の喜多川に優しく寄り添い、尽くしてくれた。

しかし、たった二カ月で離婚した。

「当時は彼女の尻が理想にもっとも近いって思ったんだ。……ぶっちゃけ、俺は妥協したんだよ」

そう、若気の至りは、自分自身――。

喜多川は理想の小尻を手に入れたいあまり、理想に近い小尻の彼女と結婚してしまったのだ。

「まさか、尻が理由で離婚とは……。当時の芸能記者に知られてたら、面白おかしく書き立てられてただろうな」

楠木がゲラゲラと肩を揺らして笑う。

第三者にしてみれば、確かにお笑い種《ぐさ》だろう。

「うるせぇ。別に俺だけが悪いわけじゃねぇ」

ブスッと膨れっ面でやり返すが、それ以上は口を噤《つぐ》んだ。

確かに、彼女の尻が離婚の理由のひとつではあるけれど、根本的な問題は当時コメントしたとおり「価値観の相違」だ。

結婚後、彼女はアナウンサーの仕事を辞め、作家・喜多川丸嗣の妻として自分を支えてくれた。

最初は喜多川も彼女の献身が、夫への愛情からくるものだと信じて疑わなかった。しかし、祖父の家を出て一緒に暮らし始めてすぐ、喜多川は彼女が何を求めて自分と結婚したのかを覚《さと》ってしまった。

アナウンサーを辞めた彼女は、かわりに喜多川丸嗣の妻として、テレビや雑誌に顔を出すようになった。金に頓着しない喜多川が「きみに任せる」と家計の管理を任せると、次々と新しい服や宝飾品を買い求め「ベストセラー作家の妻として恥ずかしくない女でいたいの」と、当然だとばかりに笑って言ってのけたのだ。

喜多川は彼女の献身的な愛を信じ、この人とならやっていけると期待していたのだが、どうやら違っていたらしい。

彼女は喜多川自身を愛していたのではなく、ベストセラー作家という肩書きと収入を愛していたのだ。

そうして結婚から二カ月後、喜多川は妻に離婚を申し出た。

当然、妻は拒否した。裁判にすると言って聞かなかった。

仕方なく、喜多川はごねる彼女に言い値で慰謝料を払うと言って、なんとか離婚を納得させた。

そして、離婚届に判を押す以外の手続きすべてを楠木に任せ、祖父の家――この家に戻ってきたのだ。

「人生の伴侶《はんりょ》を決めるのに妥協なんかするもんじゃねぇって、いい勉強になった」

「……あんだけの慰謝料払わされて、勉強ねぇ……」

当時のことを一番よく知る楠木が渋い顔をする。

「だから、俺にも責任はあるし、向こうにもあるって言ってるだろ」

彼女が肩書きや金しか夫に求めていなかったように、喜多川も妻に理想の小尻を求め、彼女の心を蔑《ないがし》ろにしていたのだから。

「しかし、尻にこだわるなんて……俺には理解し難いね」

「分かってくれなんて思わねぇよ。けど、人それぞれこだわりってモンがあるだろ」

「ふむ。……そう言われてみれば、キタちゃんの作品に出てくるヒロインはみんな、お尻が小さくてもっちりしてて、それでいて引き締まってるイメージだな」

楠木が「ふむふむ」と頷くのを横目に、喜多川は再びこそりと庭で働く貴悠を見た。

――どこからどう見ても、男……だよなぁ。

他の職人たちと比べてもほっそりして華奢《きゃしゃ》に見えるが、さっき抱きついたときに触れた身体は、無駄な脂肪のない硬い男の身体だった。

けれど、あのズボンの下の尻は、間違いなく理想の小尻だ。

思春期を迎えた頃から妄想し続け、現実では一度もお目にかかったことのない、一見マシュマロみたいにやわらかそうで、それでいて張りのある、プリッと上向きに突き出た小尻に違いない。

バツの悪さもあってコソコソと盗み見るようにしていたが、やがて喜多川は夢中になるうちに座卓を離れ、縁側の手前まで身を乗り出していた。

貴悠は仕事に集中しているのか、こちらを気にする様子もない。

複数の草刈り機が絶えず騒音を撒《ま》き散らす中、飛び石も見えないほど生い茂っていた雑草がみるみるうちに刈り取られていく。

「ああ、ホントに素晴らしい尻だ。明日も明後日《あさって》も、あの尻が見られるなんて……天国だな」

朝の挨拶《あいさつ》のとき、漆沢は作業に三日はかかると言っていた。

「おい、見るだけにしとけよ」

すかさず背後からチクリと刺される。

振り返ると、疑心に満ちた目で楠木が見つめていた。

「わ、分かってるよ」

「どうだかな。さっきの騒動にしたって、お前さん、あの貴悠って職人の尻に異様に入れ込んじまってるじゃないか。頼むから野郎のケツ追っかけ回して問題起こすようなことは勘弁してくれよ」

「人聞きの悪いこと言わないでくれよ。それじゃまるで俺が変態みたいじゃねぇか！」

「男の尻に見蕩《みと》れて飛びかかったなんて、変態以外のなんだってんだ？」

「楠木さんは尻の造形美っていうか、ロマンが分かってねぇんだよ！」

そのとき、漆沢が職人たちに声をかけるのが聞こえた。

「おい、そろそろ休憩にしようか」

直後、庭の草刈り機の音が一斉にやむ。

「小尻のロマンってなんだよ。おかしな男だな」

楠木がおもしろがっていることは表情から分かるのに、言い返さずにいられなかった。

思わず声を張りあげる。

「うるせぇ！　小尻が好きで何が悪い！」

あ、と思ったが、もう遅い。

しんと静まり返る中、喜多川は背中に突き刺さるような複数の視線を感じた。

「……あ」

「馬鹿野郎……」

楠木が「俺は知らねぇ」と、そっぽを向く。

異様な空気が漂う。

喜多川はその圧迫感に耐えきれず、恐る恐る庭へと顔を向けた。

「あ、いや、その……」

引き攣《つ》った笑顔で職人たちを見やると、漆沢たちがなんとも言い様のない表情を浮かべていた。

「はは……まあ、個人の趣味にも、いろいろありますからなぁ」

けれどただ一人貴悠だけは、顔を真っ赤にして肩を怒らせ、喜多川を睨みつけている。

「えっと、その……」

何か言わなくてはと思うのに、上手《うま》い言葉がひとつも見つからない。

――ベストセラー作家が、聞いて笑うぜ……。

自嘲の溜息を吐いたところで、状況は変わらない。

そうこうするうち、貴悠が「フンッ」と鼻を鳴らし、大股《おおまた》で庭を出ていった。

続けて漆沢たちも「ちょっと休憩させてもらいます」と会釈して、そそくさとくぐり戸をくぐっていく。

「完全に嫌われたな」

楠木に茶化されても、喜多川はもう怒る気さえなかった。

するとそこへ、家政婦の槙田が茶の間の方からそっと顔を出した。

「おはようございます、寛治さん。あら、楠木さん。いらしてたんですか」

「やあ、槙田さん。ご無沙汰《ぶさた》してます」

「いえ、お元気そうでなによりです」

楠木と槙田はもちろん顔馴染みだ。

「電話ではいろいろ無理言ってすみませんでした。庭の方ですが、三、四日ほどかかるそうなので、ご面倒をおかけしますがよろしく頼みます」

「はい、承知しました。それでは、皆さんにお茶をお出ししてきますので失礼します」

家主そっちのけで話す二人を見て、喜多川の脳裏に「まさか」という文字が浮かんだ。

槙田が会釈して立ち去ると、すぐに楠木を問い詰める。

「おい、楠木さん。今日から庭師が入ること、槙田さんには知らせてたのか？」

「当たり前だろ。キタちゃんに言ったところで、漆沢さんたちに茶や菓子を出すなんて気配り、絶対にできないだろう？」

してやったりとばかりに、楠木がほくそ笑む。

確かに、そういうものだと分かっていても、それを実行できるかと問われると自信がなかった。

「それにしたって、ここは俺の家なんだ。いつから始めるのかぐらい、知らせとくのが筋ってもんだろうが」

分が悪いながらも足搔《あが》いてみせる喜多川に、楠木がいっそう意地の悪い笑みを浮かべた。

「おいおい、キタちゃん。お前が言ったんだぜ。『好きにしろ』ってな」

「……っ」

ぐうの音も出ない、とはこのことだ。奥歯を嚙み締め、ニヤニヤと楽しげな様子の楠木を睨みつける。

そんな喜多川の煮えくり返った腹の中などどうでもいいとばかりに、楠木はあっさりと話題を変えた。

「ところでよ、キタちゃん」

空になったコップを脇に寄せ、左の膝を立てて姿勢を崩す。

「この前、俺がした質問。答えは見つかったか？」

「質……問？」

険しい表情のまま、首を傾げる。

「なんだ、忘れちまったのかい？『なんのために書いてきた』って訊いただろう？」

言われて、ああ、と思い出す。

庭の手入れの話をした直後、帰り際に投げかけられた問いかけを、喜多川はすっかり忘れていた。

「俺が拾ってから休筆するまで、喜多川丸嗣はただひたすら書き続けてきた。すぐそばで見ていて、どうしてこう次から次へと話が思い浮かぶのかって、俺は不思議でならなかったんだ」

二十年近くの付き合いになるのに、楠木がそんなことを考えていたなんて、喜多川はまったく知らずにいた。

「何がお前を突き動かすのか……。何か原動力になるものがあるのか。それとも、誰かのためだとか、夢や目標みたいなものがあるのか……いろいろ考えてみたが、結局、今日まで分からずじまいだ」

「……俺が書かなくなってからも、そんなくだらねぇこと、考えてたのか？」

「書かなくなったからこそ、余計に知りたくなったんだよ」

楠木が苦笑する。

「長い間考え過ぎたせいか、答えが見つからないと気持ちが悪くてな。もうこうなったら、本人に訊ねるしかねぇって思ってよ」

「楠木さん。アンタこそしょうもねぇことにこだわってんじゃねぇか。俺の創作の原動力なんか知ったところでなんの意味がある？　ったく、人のこと変態だとかよく言えたな」

「いや、俺は男のケツは興味ねぇ」

すかさず突っ込まれ、喜多川は思わず噴き出してしまった。

「ははは……」

気がつくと、楠木に対して何を苛立っていたのか分からなくなっている。

「で、どうなんだ？」

しつこく訊ねられると、喜多川自身も何故、二十年近くも物語を書き続けてきたのか疑問に思えてきた。

「なんのためにって……。正直、そんなこと一度も考えたことがないからなぁ」

書き始めたきっかけは高校の文学部だが、書き続けた理由として「これ！」といったものが見つからない。

「強いて言うなら、まあ、自分のためかねぇ？」

書くことに理由なんて必要なかったし、そんなことを考えている暇がないくらい、妄想が溢れて仕方がなかった。

頭の中に浮かんだ妄想を物語としてまとめ、ひたすら書き上げることに忙しかったのだ。

「俺はただ、頭に浮かんだ妄想を書いてきただけだ」

「ああ、なんかそんなふうなことを、デビューしたときにも言ってたなぁ」

楠木が昔を懐かしむように目を伏せる。

「あの頃のキタちゃんも今と変わらず不精者だったが、今よりピチピチでイケメン作家だのなんだの騒がれてたっけか」

「二十歳《はたち》やそこらじゃ誰だってピチピチだろうが。だいたい、テレビだって楠木さんとこの上の人が……」

そう言い返しながら、大きな目に凄《すご》みを利かせてこちらを睨む貴悠を頭に思い描いた。

——きっと、清水白桃《しみずはくとう》みたいな小尻に違いない。

知らず、口許が綻《ほころ》んでしまう。

ちなみに『清水白桃』とは、昭和初期に岡山で発見された「桃の女王」と呼ばれるブランド桃だ。白くて緻密《ちみつ》な果肉をしていて、果汁が多く、喜多川はその外見とともに味も気に入っていた。

——食ったら、さぞ甘いんだろうな……。

そんなワケがないと思いつつも、これぞ、という小尻に出会えた感動に、心がウキウキする。

コレ！ といった小尻に出会ったときが、生きていて一番楽しい瞬間だ。

けれど、今日までそんな瞬間には、なかなか出会えずにいた。

だからこそ、人生ではじめてその瞬間を味わったときの衝撃を、喜多川は今も忘れられずにいる。

それまで欠片も気にしたことのなかったモノが、ある瞬間を機に、特別なモノになってしまった。

中学一年の秋だったと思う。

美術の授業中、欠伸《あくび》を噛み殺しつつパラパラとテキストをめくっていたとき、それは突然、訪れた。

目にとまったのは、美しい西洋画。

今となっては誰のどんな作品だったかまったく思い出せないのだが、そこに描かれていた天使の尻に、目が釘付けになった。

直後、喜多川少年はかつて味わったことのない衝動に駆られた。下腹がジンと切なく疼き、硬く張り詰めたのだ。

——な、なんで？

背中を丸め、さり気なさを装い股間《こかん》を両手で覆い隠す。

心臓がバクバクと震え、股間を掻き毟《むし》りたくて堪《たま》らなくなった。

いったい何が起こったのか、まるで分からない。

隣に座ったクラスメイトにバレやしないかと動揺しつつも、テキストの中の天使の尻から目が離せない。

ほんのり赤みを帯びて白い、丸くてやわらかそうな、けれど適度に張りを感じさせる、天使の尻。

掌に収まりそうな小さな尻に、喜多川少年は文字どおり取り憑《つ》かれてしまった。

その夜、喜多川少年は人生ではじめて自慰をした。

思い浮かべるのは当然、白くて小さな天使の尻だ。

小振りの尻を両手で激しく揉《も》みしだいたり、ぱくりと頬張ってみたりと、妄想を働かせた。

一見やわらかそうな尻朶《しりたぶ》は、摑んだ指を弾き返すに違いない。

丸い肉を覆う白い肌はしっとりとして、掌に吸いつくだろう。

幼い頃から無駄に鍛え上げられた妄想力が功を奏し、はじめての自慰行為で言葉に尽くせない興奮と快感を得てしまった喜多川少年は、以来、無類の小尻フェチとなってしまった……。

お陰で中学時代は足繁く美術館に通ったり、好みの天使が描かれた画集を集めたりしたものだ。

特別仲がいい友人は少なかったが、それでも数人と集まったときに「どんな子が好み？」と訊かれれば「お尻の小さな子」と答えた。

ちなみに、どんな尻が理想かを熱く語って友人たちをドン引きさせるところまでが、お決まりのオチになっている。

小尻がいい……という嗜好については、まあある程度理解されるのだが、喜多川の度を越えた執着ぶりはなかなか友人たちに受け入れられなかったのだ。

しかし、そんなことで凹《へこ》む喜多川ではない。

好きなんだから、いいじゃないか。

高校に入って小説を書くようになると、お得意の妄想で完璧な小尻の持ち主を創り上げ、物語の主人公や重要な脇役として命を与えるようになった。

以前、楠木が言ったとおり、喜多川の作品に登場するヒロインが小尻なのは、理想を反映させているからだ。

そうして、理想の小尻を妄想し、小説に登場させるうちに、たとえどれだけ服を着込んでいても、人の尻の形が分かるようになってしまったのだ。

——まあ、自慢できる特技じゃねぇけどな。

ニヤニヤと薄く口許を笑みの形に歪《ゆが》めたとき……。

「……ぃ、おい、キタちゃん！　キタちゃ～ん！」

楠木の呼ぶ声にハッと我に返った。

「あっ、え、何？」

いつの間にか、貴悠の尻を思い浮かべ、悦に入っていたらしい。

「何……じゃねぇよ。まったく、だらしない顔しやがって。いったい何を考えてやがった」

「い、いや。別に……」

なんとなくバツの悪さを覚え、「えへへ」と笑って誤魔化《ごまか》す。

久し振りに妄想の世界に引き込まれていた。

ここ数年、ご無沙汰していた感覚に、喜多川は図らずも興奮を覚える。なんとなく摩った腕には、鳥肌が立っていた。

「なあ、キタちゃん」

「うん」

呼びかける声に、今度はちゃんと答える。ぼんやりしていたことを、楠木が深く追及してこない様子に、こそりと安堵《あんど》の溜息を吐いた。

「もし、ちょっとでも書く気になったら……」

「ならねぇよ」

すぐさま否定するが、楠木は構わず続ける。

「だから『もし』の話だよ。黙って聞いてろよ」

楠木の声は不思議と穏やかで、今までなら聞く耳なんてもたなかったのに、喜多川はなんとなく黙ってしまった。

「自分のためとか、ただ書くとかじゃなく」

座卓に左腕をのせて身体を預けるようにした楠木が、庭へゆっくりと目を向ける。

丁度そこへ、休憩を終えたらしい漆沢たちがワイワイと話しながら戻ってきた。

もちろん、貴悠の姿もある。

「誰かのために、書いてみる……ってのも、いいものかもしれねぇぞ」

少し嗄《しゃが》れた楠木の淡々と語る声を聞きながら、喜多川は静かに貴悠の姿……正確には尻を目で追った。首にぶら下げていたタオルを頭に巻き、軍手を左右の手に着けていく。

「……誰かの、ためねぇ……」

鸚鵡返しに呟いたそのとき、一瞬、貴悠と目が合った。

しかし、休憩中に頭を切り替えたのか、さっきみたいに喜多川を睨みつけるようなことはしない。ふい、とすぐに視線をそらし、作業に取りかかる。

——ありゃ。

無視されたような気がして、喜多川はちょっと寂しくなった。

「まあ、書いたものを捧げる……って意味じゃなく、第三者の目を意識するという感じかねぇ」

デビュー以来、黙っていても売れる作品を書いてきたせいか、喜多川は楠木をはじめとする編集者から指導的なものを受けたことがない。改稿もほとんどなく、せいぜいが誤字脱字を赤字で修正されるぐらいだった。

だから、楠木にはじめて編集者らしいことを言われ、少し驚いた。

「第三者の目？」

目線は庭に向けたまま、問い返す。

「ああ」

楠木がゆっくりと頷くのが、視界の端に映る。

「お前は多分、自分の書いたもので人が何を思うかなんて、考えたことがないだろう？」

「あー、うん。まあ、そんなこと思ってる暇なく、書き続けてたからなぁ」

次から次へと溢れる妄想を書き綴るのに必死だった。

「俺らとしても、それで喜多川丸嗣が売れてたから、放っといたんだがね」

自嘲の入り交じった声。

喜多川は庭に向けていた視線を、ゆっくりと正面に座る楠木に戻す。

「俺が知ってる物書き連中ってのは、自己顕示欲や認証欲が強かった。己が書いたものを読ませたい、読んでほしい……ってな。あとは典型的なエンターティナーだ。誰かを喜ばせたい。泣かせたい。笑わせたい」

正直、喜多川は他の作家のことなんてこれっぽっちも興味がなかった。

小説はたくさん読んできたつもりだが、どんなにおもしろくてもそれらは妄想の糧《かて》でしかなく、きれいに消化されている。

それでも、楠木の話を聞き流すことができなかった。

「結局、作家だろうがなんだろうが、人なんて何かが欲しくて生きてんじゃねぇかなって、凡人の俺は思うワケよ」

「……そんなものかね」

喜多川には分からないが、なんとなく説得力があるように思える。

——あの貴悠ってのも、何か欲しくて職人になったのかね？

庭へ目を戻すと、貴悠はやはり黙々と刈り取られた雑草を運んでいた。

気づけば随分と下草が刈られていて、隠れていた飛び石が久々に姿を現している。

「まあ、要はなんだっていいんだがな。キタちゃん……」

草刈り機の音が庭に響き渡り、草いきれが漂う。

まだ夏を思わせる日差しの中、ときどき汗を拭っては一輪車で雑草を運ぶ貴悠が、喜多川には不思議と健気《けなげ》に映った。

——それにしても、いいケツしてやがる。

やはり、尻に目が向いてしまうのは、どうしようもない。

「お前にもそういう相手というか、目的というか、書くための理由みたいなものが、そろそろ必要なんじゃねぇか？」

「書くための、理由……」

楠木が真面目な顔して話してくれたことを、すぐに理解するのは難しいと思えた。

しかし、言っていることは分かるし、そういう人間がほとんどだということも、認識できている。

喜多川だって、物書きだ。

それぐらいのことが分からなくては、物語なんて書けやしない。

まあ、自分のことは、横へ置いておくとしてだが。

「欲しいものとかないのかよ」

「あるぜ。あの……」

即座に「あの、ケツ」と貴悠を指差しそうになり、喜多川は慌てて口を噤んだ。

「ん？　なんだ？　なんでもいいから言ってみろよ」

楠木が興味津々といった様子で身を乗り出す。

「いや、本当に欲しいものは、口に出したり他人に知られると手に入らねぇって聞いたことがあるから、ナイショ」

小尻が欲しいなんて言ったところで、きっと楠木は冗談としか受け取らないだろう。せいぜい性的嗜好だろう……ぐらいに思われるのが、関の山だ。喜多川の小尻への執着だって、どこまで理解してくれたか分かったものではない。

「だいたい、楠木さんに教えなくたっていいだろ」

「なんだよ、ケチ臭ぇな」

ムッとしつつも、楠木はあっさりと引き下がった。

これ以上くどくどと説教をしたり問い詰めたりして、喜多川の機嫌を損ねるのはよくないとでも思ったのか。

それとも、騙《だま》し討ちのように庭師を寄越したことを、少しは後ろ暗く思っているのか。

どちらにせよ、喜多川も自分を省みるような時間が続くのは勘弁してほしかった。

何故なら、どうにも面倒臭い気分になるからだ。

「まあ、今日のところは勘弁しといてやるよ。とにかく——」

いろいろと話をして、気が済んだのだろう。

楠木が「よっこらせ」と立ち上がり、形崩れしたビジネスバッグを手にとる。

「しばらく騒がしいと思うが我慢してくれ」

そう言うと、縁側に出て沓脱石《くつぬぎいし》に置いていた靴を履き、庭で作業する漆沢や職人たちに声をかけた。

「漆沢さん、俺そろそろ帰りますんで、どうぞよろしくお願いします！」

藪の向こうから漆沢が手を振って応えるが、その声は草刈り機の音に掻き消されて聞こえなかった。

「じゃあな、キタちゃん。庭がきれいになったら、また顔出す」

「え、終わるまで来ないつもりかよ」

勝手に庭師を頼んでおいてこっちに丸投げかよ、と喜多川は思わず立ち上がって楠木に駆け寄った。

「作業中は放っておけばいいって言われてる。何かあっても槙田さんに頼んでるし、キタちゃんは何もしなくていい。あ、庭のことで何か希望があるなら言ってもらって構わんが、追加料金はお前が払ってくれよ」

「え……」

「『好きにしろ』って言ったのは、お前さんだ」

念押しされると、何も言い返せなかった。

なんであんなこと言っちまったんだ——と後悔しても後の祭り。

「まあ、引きこもりのお前さんには、丁度いい刺激なんじゃないか？　槙田さんも無口な人で会話なんてほとんどないだろうし、漆沢さんや職人と話でもして世間と交わるのもさ」

そう言い置くと、楠木はさっさと帰っていってしまった。

「なんだってんだ……」

縁側にポツンと立ち尽くし、楠木が出ていったくぐり戸を茫然《ぼうぜん》と見つめる。

まわりではウィーンウィーンと草刈り機の音が絶え間なく響いている。ときどき、バサッバサッと草だか枝だかが落ちるような音が混じった。

雑草が山積みになった一輪車を押して貴悠が目の前を横切っていく。くぐり戸の脇にブルーシートが敷いてあって、そこに刈り取った下草や小枝を集めているのだ。

「あ」

思わず声が漏れたが、貴悠は聞こえないフリをして喜多川を無視する。

——いや、しかし、ホントにいい小尻だ。

視線はすぐに、貴悠の尻へ吸い寄せられた。

仕方がない。

これはもう、本能なのだ。

そう、この世で喜多川がたったひとつ、本気で欲しいもの。

理想の、小尻――。

もう何年も妄想の中でしかお目にかかったことのない、至宝。

現実世界で出会えるなんて、夢にも思っていなかった。

「いい」

知らず、唇から零れ落ちる。

「やっぱいいなぁ、そのケツ」

すると、まるで喜多川が見えていないみたいに振る舞っていた貴悠が、不意に振り向いた。

そして、丸くて大きな双眸《そうぼう》でキッと喜多川を睨みつけてくる。

「見てンじゃねぇよ！　変態オヤジ！」

男にしてはかわいらしい顔から発せられたのは、予想以上にドスと毒の利いたキッツい一撃だった。

【一日目、夜＊作家先生】

もう九月だというのに、まだ蟬が鳴いている。

今年は例年以上に残暑が厳しく、炎天下での作業は酷く身体に応えた。まだ作業を始めて一時間しか経っていないというのに全身汗びっしょりで、二リットル容量の水筒も昼には空になりそうな勢いだ。

午前の休憩中、貴悠は喜多川邸の駐車スペースに停めたトラックの陰で、膝を抱えて座り込んでいた。

「はあ……っ」

「どうした、貴悠。大丈夫か？」

盛大に溜息を吐いて顔を突っ伏したところへ、伯父《おじ》の漆沢智昭が顔を覗き込んできた。

「え、あ、平気です」

貴悠はパッと顔を上げると、汗でぺったりとなった長い前髪を耳にかけながら愛想笑いを浮かべる。

「けどお前、いつもより元気がないし、顔も赤い。熱中症じゃねぇのか？　ちゃんと水分摂ってるか？」

「大丈夫ですってば。思ったより下草片付けるの手間取っちゃってて……」

「まあ、確かに予想以上の酷さでびっくりしたけどな。楠木が手間賃多めに払うって言ってたのも納得だぜ、まったくよぉ」

伯父が呆れた様子で零す。

今日から三、四日の予定で作業に入った喜多川邸の庭は、下草を刈り取るだけで午前中いっぱいかかりそうな荒れ具合だった。

「けど、あの下草をどうにかせんことには、梯子《はしご》もまともに立てらんねぇしな」

トラックの運転席から職人が煙草を吹かしつつ言った。社長の漆沢よりもうんと年上の梨本《なしもと》は、先代の頃から植智造園で働くベテランの植木職人だ。

「それにしても、あの……施主さんにはびっくりしたよな！　いきなり貴悠に飛びかかってさ！」

もう一人、年若い職人がおかしそうに言って貴悠を見る。金髪に細い眉《まゆ》、耳にいくつもピアスの穴の痕《あと》が残る杉山《すぎやま》が、貴悠は少し苦手だった。

「喜多川先生なぁ。ちょっと変わり者だとは聞いてたが……」

造園業を営み、数多くの客と付き合ってきた伯父も、あの突拍子もない喜多川の行動には驚かされたようだ。

「でもあの人、マジであの喜多川丸嗣なんですよね？　すげえ流行《はや》ったドラマの……なんて言ったっけ……。とにかく、それの原作書いた人でしょ？　あと映画化されてんのも結構あったはずだぜ」

表情には出さないが、貴悠は杉山が興奮した様子で話すのを聞いて酷く驚いていた。


「それに確か、女子アナと結婚してスピード離婚してただろう。当時、仕事先の奥さん連中が何かってぇとその話題で盛り上がってたよなぁ」

梨本までが喜多川のことを知っていたことに、貴悠は目を丸くする。

――あのオッサン、そんなに有名な作家だったのか。

「風変わりだったり、無理難題けしかけてくる施主さんはいたが、ああいうのは儂《わし》もはじめてだなぁ」

「意味分かんない叫び声あげて、野郎を押し倒した揚句、ギャーギャー泣き叫んでよ。いい年したオッサンのくせに信じらんねぇよなぁ。貴悠から引き剝がしながら、オレ、笑うの必死で我慢してたんだぜ」

「おい、施主さんのこと、あんまり悪く言うな。俺の後輩が世話になってるんだ」

ケラケラと腹を抱えて笑う杉山を伯父が諫《いさ》める。

「へへ……。すんません。でも、あの人のせいじゃないんすか？　貴悠がいつも以上にダンマリなの」

「……っ」

貴悠は無言で、抱えた膝をさらにきつく抱き込んだ。そして、動揺を隠すように、ぶっきらぼうな口調で否定する。

「関係ない」

まさか杉山に図星を衝かれるとは思ってもいなかった。

――な、んで……っ。

膝を抱える腕の間に顔を突っ伏し、これ以上の会話を拒む。

けれど杉山は貴悠のあからさまな拒絶などお構いなしだ。

「え～？　でもお前、あの後ずっと不機嫌そうな顔してんじゃん」

――クソ。うるさいな。

ふだん貴悠の気持ちなんか欠片も察してくれないくせに、妙なところだけ勘のいい杉山に苛立ちを覚えずにいられない。

「それにあの作家先生のこと、避けてるっつうか変に意識して――」

「おい、杉山」

そのとき、伯父が杉山の声を遮った。

顔を突っ伏したままホッと溜息を吐き、胸を撫で下ろす。

「休憩、終わりだ。さっさと戻るぞ」

「へーい。あ～あ、これからもっと暑くなんだろうなぁ……。イヤになるぜ」

杉山は会話が中断されたことを気にする様子もなく、渋々と作業に戻る準備を始める。

「貴悠も、ちゃんと水分摂って……。あんまり気にすんな」

伯父がそっと肩を二度叩いてくれるのに、ゆっくりと顔を上げて目で頷いた。

そこへ、携帯灰皿に煙草を押し込みつつ、梨本が近づいてきた。

「貴悠」

「……はい」

「まあ、誰だって男に抱きつかれりゃ驚くわなぁ」

見上げた貴悠に、梨本は皺だらけの顔にさらに皺を刻んで微笑んだ。

「けど、仕事はしっかりやれよ。適当やって割り食うのは、木や花だ」

「はい」

伯父と並んで密《ひそ》かに尊敬する梨本に言われ、貴悠はきゅっと唇を引き締めた。

「いい松がある。段作り、見てやるからな」

垂れ下がった瞼《まぶた》の下から小さな瞳《ひとみ》が貴悠を優しく見つめていた。

高校生だったバイト時代を含めても、この仕事を始めてまだ三年目。貴悠は植智造園で一番下っ端で、本格的な庭園では簡単な作業しかさせてもらえていなかった。

「い、いいんですか？」

喜びと驚きに声が上擦る。

「社長がいいって言ったんだ」

そう言うと、梨本はくるりと背を向け庭に向かった。

伯父はとうに庭に戻っている。

「……やった」

小さく呟くと、貴悠は急いで立ち上がり、鼻歌交じりに庭へ向かう杉山の後を追った。

◆　◆　◆

十七歳のときから伯父の家に居候させてもらい、高校卒業と同時に植智造園に就職した。

もともと植物や庭に興味があったわけではない。

高校二年になった頃、急に髪を染め、学校をサボって部屋に引きこもりがちになった。

そんな貴悠を心配した両親が、母方の伯父にあたる漆沢に相談したのが事の始まりだ。

大人たちの間でどういった会話が交わされたのか、実のところ貴悠は何も聞いていない。

けれど、「転校して伯父の家で暮らすのはどうか」と両親に持ちかけられ、貴悠は一も二もなく頷いた。家を出たいとまでは思っていなかったが、環境の変化を強く望んでいたのは確かだったからだ。

夏休みの間に転校の手続きをとり、すぐに伯父の家に移った。

「いきなり一緒に暮らしても、気詰まりだろ？　それにお前ぐらいの年頃だと、一人になりたいときもあるだろうしな」

伯父には子がなく、数年前に妻を亡くして一人で東京郊外に暮らしていた。

貴悠が与えられたのは、もともと住み込みの職人用に建てられた離れの一室だった。

「離れは好きに使っていい。食事と風呂だけは母屋《おもや》になるが、まあ不便はないだろ。あとは……」

引っ越してきたばかりの貴悠を、伯父は母屋の裏手に連れていった。

「お前、植木の世話、したことあるか？」

「ない、です」

広大な敷地には、施主の要望に合わせた種類の庭木をいつでも用意できるよう、様々な種類の木が植えられていた。

小学校のときに朝顔を育てたぐらいで、草花に縁のない生活を送っていた貴悠にとって、伯父の家はまるで小さな植物園のようだった。

「学校があるから、週末だけでいい。お前にこいつらの世話を任せる」

それが、貴悠が植木職人になるきっかけだった。

当時は、突然何を言い出すのかと伯父に不審を抱いた。

しかし伯父は、懇切丁寧に植木の扱い方を教えてくれ、貴悠はすぐに木や花の世話に夢中になった。

「木や花も人と同じだ。それぞれ個性があるし、好みもある。同じ種類の木でも癖があるし、みんな同じように扱えばいいってものでもねぇ」

自然界での木々とは異なり、庭木は剪定《せんてい》して整えてやらなければ、病気や害虫の被害に遭って枯れてしまう。

伯父の庭に植えられた木々が、自分がサボったり適当な世話をすると駄目になると知って、俄然《がぜん》、貴悠はやる気になった。

商品にならなくなる——という気持ちよりも、もの言わぬ、動けぬ木々が、自分の働きかけ次第でいい方にも悪い方にも変化するということに、貴悠は不思議と強い感慨を覚えたのだ。

「いいか貴悠。おまえはまだ学生だ。学生の本分は勉強だ。学校で習うことに不要なモンはないと俺は思ってる。とにかくまず、学校はちゃんと行け」

真剣な表情の伯父に、貴悠は小さく頷いた。

「けど、学校で習えねぇこともいっぱいある。お前にはここでそういうことを知ってほしいんだ」

それまであまり会ったことのなかった伯父の言葉が、貴悠の胸に何故かじんわりと優しく染み込んでいったのを、今も覚えている。

以来、貴悠は学校に真面目に通いつつ、植智造園でバイトをするようになった。

最初は植木の水やりと落ち葉や雑草の掃除だけだったが、そのうち伯父や職人から専門的な仕事を教わるようになり、高校卒業と同時に正式に植智造園の社員となったのだ。

◆　◆　◆

この日、喜多川邸での作業は予想以上に難航した。

「やっぱり、下見はちゃんとさせてもらうべきだったなぁ」

トラックのハンドルを握りながら、伯父が自嘲の溜息を吐く。

貴悠は助手席で黙って頷くと、フロントガラスの向こうを見つめた。

「楠木に頼まれて安請け合いしたのが間違いだった。写真で見ただけじゃ駄目だって分かってたはずなのになぁ」

庭の広さだけで百坪以上あり、奥に続く山の途中まで手入れをしないといけない状況に、さすがの伯父も困惑頻《しき》りだ。

「四日で済めばいいが……台風の進路次第だなぁ」

今のところ九州をかすめて日本海へ抜けると進路予想されている台風のことは、貴悠も気になっていた。少々の雨ぐらいなら構わず作業を進めるが、台風の影響を強く受けるとなると危険が伴うため日程がずれることがある。

「この後のお客さんに迷惑かけないよう、明日は少しでも作業進めんといかんな」

「そうですね」

相槌《あいづち》を打ちつつも、貴悠の頭の中は別のことでいっぱいだった。

——あの、クソオヤジ！

日が傾き、薄闇《うすやみ》に包まれる堤防沿いの道を睨みつける。

思い出すだけで、イライラしてどうしようもない。

初対面の男にいきなり襲いかかるなんて、ろくでもない奴に決まっている。

そう思ったとおり、喜多川は今日一日、ずっと貴悠のことをいやらしい目で追い続けたのだ。

「……くそ」

「なんか言ったか？」

思わず口を衝いて出た悪態を伯父に聞かれ、貴悠は慌てて「なんでもないです」と誤魔化した。

「それにしても、貴悠。お前、今日ずっと調子悪そうだったが、本当に大丈夫なのか？」

しっかり前を見ながらハンドルを握る伯父の言葉に、心臓がドキンと跳ねた。

「え、や……。大丈夫です」

答える声に、動揺が滲む。

「具合悪いなら、ちゃんと言えよ。確かに今日も馬鹿みてぇに暑かったし、あの広さの下草刈りは大変だと思うが、ずーっと顔赤くしていつも以上に喋《しゃべ》らねぇから、梨本さんも心配してたぞ」

「すみません」

自分ではしっかり平静を装っていたつもりなだけに、何も隠せていなかったと知って激しく動揺する。

「いや、七月からずっと忙しかったたし、そろそろ疲れが出てもおかしくねぇ。けど、植木屋は身体が資本だ。少しでも調子が悪いと思ったら、きちんと身体を休めるようにしねぇといけねぇ」

「……気をつけます」

答えつつも緊張に鼓動が速まり、車内はエアコンが効いているというのに全身にじわりと汗が滲んだ。

「帰って飯の準備するのもあれだろうから、このまま食ってこうか。そんで帰ったらお前はすぐに風呂入って寝ろ。明日も大変そうだしな。……っとに、あの庭。造った庭師が見たら絶対に泣くぞ……」

伯父がブツブツと愚痴を吐き続ける横で、貴悠はひたすら喜多川への怒りを募らせていた。

――アイツのせいで、伯父さんたちに余計な心配させたじゃないか。

午前の休憩後、最初は遠慮がちにこちらの様子を盗み見ていた喜多川だが、そのうち座敷から遠慮の欠片もなく貴悠の仕事ぶりを観察しだした。

それこそ動物園で檻《おり》の中のパンダでも見るみたいに、飽きる様子もなく無精髭だらけの顔をニヤつかせていたのだ。

そんな喜多川に、貴悠は終始緊張ながら作業しなければならなかった。

また、いつ飛びかかられるか分からない――。

無視を決め込みつつ、作業の合間にこそりと座敷に陣取る喜多川を盗み見ては、そのだらしない表情にギクッとなる。

――見てんじゃねぇよ……っ。

意識すると、途端に顔が熱くなるのが分かった。

伯父に指摘されたように、喜多川に襲いかかられてからずっと顔が赤かったのは自覚している。

けれど、それは熱中症のせいなんかじゃなかった。

『こんなところにいたのかよぉ――っ！』

突如、背後であがった雄叫びを、貴悠は一瞬、幻聴かと思ったのだ。

だから振り向くのが遅れたし、草むらに押し倒されても何が起こったのかすぐに理解できなかった。

――あの、声……っ。

思い出すだけで、身震いがして身体が熱くなる。

喜多川の声を聞いた瞬間、仕事中だということも忘れてしまった。

そして、背後から激しくぶつかってきたモノが声の持ち主だと分かると、貴悠は途端にパニックに陥った。

舞い上がる草いきれの中、自分の腰にしがみついてギャーギャーと喚《わめ》き立てる男の声に、驚愕《きょうがく》しつつ聞き惚《ほ》れていたのだ。

正直、男が何を叫んでいたのか、覚えていない。

ただただ、その声にうっとりして、状況を把握するのが遅れてしまった。

伯父や杉山たちが駆け寄るのを雑草の隙間に認めたとき、ようやく貴悠は我に返ったのだ。

『……ぉ、おい。放せよ、オッサン！』

みっともなく上擦って、覇気の欠片もない自分の声を思い出すと、泣きたくなってくる。

あのとき、駆け寄って助けてくれた伯父たちは、不審に思わなかっただろうか。

顔が赤くなっていた理由が、男——喜多川の声に聞き惚れ、うっとりしていたからだなんて、まかり間違っても知られるわけにはいかない。

そう。

貴悠は、いわゆる【声フェチ】だ。

好みの声を聞くと、鼓膜の震えが全身に及び、何も考えられなくなる。

しかも声の主は、男と決まっていた。

きっかけは、些細《ささい》なこと。

確かにテレビで見る俳優や、映画の吹き替えをしている声優の声を聞いて、憧《あこが》れに似た感情を抱くことはよくあった。

けれどまさか自分にそんな性的嗜好があるなんて、思ったこともなかった。

自分で自分の人格を疑うほどの衝撃に襲われた日のことを思い出すと、貴悠はどうにも遣《や》る瀬ない気持ちでいっぱいになる。

男の声に劣情を掻き立てられると自覚した記憶は、同時に、初恋の記憶でもあったから……。

小学校の頃から異性への関心どころか、恋愛や性的な事柄にとんと興味が向かなかった貴悠は、高校二年になったとき、はじめて他人を強く意識した。

それは、実力テストを控えた、ある日の放課後のことだった。

国語でもとくに古文の文法が苦手だった貴悠は、担当教師に質問するため国語科準備室を訪れた。

他の教師は誰もいなくて、二人きり。

廊下から生徒たちの話し声が聞こえる中、貴悠は教師と肩を寄せ合うようにして説明を聞いていた。

『まずは活用を見分けるコツがあるんだ』

三十代半ばの男性教師は、どこにでもいそうなありふれた風貌《ふうぼう》だったと思う。穏やかな人柄で授業中に声を荒らげることもない。生徒の人気もいたってふつうの教師だ。

けれど貴悠はその【声】がなんとなく好きだった。

深みがあって少し掠《かす》れた声。息を継いだ直後に発せられるときには、ビブラートがかかったようになって、それが耳に心地よかった。授業自体もとても分かりやすくて、貴悠はなんとなく「いいセンセイだ」なんて思っていたのだ。

国語の授業はずっと退屈でしかなかったけれど、二年生でこの教師が担当になってから、貴悠はうたた寝することなく授業を真面目に受けるようになった。そのうち、国語がある日はなんとなく朝から気分がよくて、授業が待ち遠しいくらいだった。

そう。

最初はその程度で、まさか特別な感情を抱いているなんて、貴悠はこれっぽっちも意識していなかったのに——。

『動詞の下に「ず」をつける。そうすると特殊な活用形のものが分かる。例えば……』

教科書の活用形をまとめた表をシャープペンシルの先で指しながら、教師が丁寧に教えてくれる。

『……どうだ？　こうすれば何活用か悩まなくていいだろう？』

椅子《いす》に座った教師が顔を上げて優しくそう言ったとき、その手許を覗き込んでいた貴悠の

耳許をふわりと吐息が掠めた。

『……ぁっ』

瞬間、ぞわりと総毛立った。

教師の声が注がれた右耳が焼けるように熱い。

いや、熱いのは耳だけじゃなかった。

全身が一瞬でカッと熱を帯び、火が噴き出しそうなくらい顔が赤く染まっているのが分かる。

——な、なにっ？

下半身……股間《こかん》にあり得ない違和感を覚え、貴悠は反射的に一歩後ずさった。

『どうした？　分かりにくかったか？』

教師が不思議そうに、動揺を隠そうと右手の甲を顔にあてる貴悠を振り返る。

『い、いえ、あのっ……き、急用っ……思い出し……てっ』

そう言うのが、精一杯。

教師の顔を見ているだけで、どうにかなってしまいそうだった。

『え、おい？』

教科書やノートを引っ摑んで準備室を出ていこうとする貴悠に、教師も戸惑うばかり。

『あ、ありがとうございました！　失礼しますっ』

喚くように言って頭を下げると、貴悠は勃起した股間を鞄《かばん》で隠しながら、一目散に逃げ出したのだった。

それ以来、貴悠は国語の授業をまともに受けられなくなってしまった。

教師の声を聞くと、それだけで心臓がドキドキして胸が苦しくなり、息をするのも忘れそうになる。

目が合えば、頭の中が真っ白になった。

——オレ、センセイのこと、そんなふうに……。

好きだ……と自覚するのと同時に突きつけられた、浅ましい劣情。

国語教師のことをそういう目で見ていたと気づかされたことよりも、恋と性欲が直結してしまう自分が恥ずかしくて堪《たま》らなかった。

どんなに抑え込もうと思っても、教師の声を聞くと反射的に欲情するのを止められない。

はじめて経験する恋の痛みよりも、自分の身体の反応に鬱々と悩んだ。

結局、実力テストは全教科が散々な結果に終わった。

そうして、国語教師に口にできない想いを抱きながら、やがて貴悠は学校に行けなくなったのだ。

今も、初恋の思い出は、貴悠の胸の中で傷痕となって残っている。

優しかった教師の面影と、ラ行変格活用を諳《そら》んじた深みのある掠れ声も、鼓膜にこびりついてずっと消えないいまま。

けれどそれは決して、きれいなだけの思い出ではない。

好みの声を耳にすると、貴悠の意思に反して勝手に熱くなる身体が堪らなく嫌で、恥ずかしかった。

救いは、そうそう貴悠好みの声を持つ男に出会わなかったこと。

自分の浅ましい性癖を自覚して、極力他人と接触しないように暮らしていたお陰か、はじめて恋した教師の他に、好きになったのはたった一人きり。

その恋もやはり、手痛い傷を負って終わってしまった。

だから貴悠は、二度と恋なんかしない……と固く誓っている。

どんなに理想的な声の男と出会っても、絶対に好きになんかならないと——。

なのに……。

「……クソッ」

伯父には聞こえないよう、小さく舌を打つ。

喜多川の叫び声を聞いた瞬間、全身が鼓膜にでもなったみたいにビリビリと震え、何も考えられなくなった。

喜多川の声は、かつて聞いたことがないくらい、貴悠の理想の声だったのだ。

それこそ、初恋の教師の声を忘れてしまいそうなくらい……。

「おい、貴悠。なんか食いたいモンあるか？　どうせだから精のつくもん食ってこうぜ」

隣でハンドルを握る伯父に、貴悠は「なんでもいいです」と答えた。

妹夫婦から預かった甥《おい》っ子がゲイだと知ったら、厳しくも優しい伯父はどんな顔をするだろう。

そう思うといたたまれなくなり、胸にズキリと激しい痛みが走った。

結局、車の運転があって酒が飲めないからという理由で、伯父と一緒に牛丼をテイクアウトして帰宅した。

母屋で伯父と向かい合い、他愛のない話をしながら食事を終えると、貴悠は先に風呂をもらい早々に離れの自室へ引きこもった。

頭の中は、もうずっと喜多川のこと……いや、あの声のことでいっぱいだ。

「なんだって、あんな変態の声なんだよ……」

扇風機の風量を最強にして真正面に胡座を掻き、濡れた髪を遊ばせながら吐き捨てる。

何がどうなって喜多川があんな奇行に及んだのか、貴悠にはまったく分からない。

自分の腰にしがみつき、何やら叫びまくっていたが、激しく混乱していて何を言われたのかまったく記憶になかった。

でも……。

「まさか……アイツも？」

自分を見つめるいやらしい目つきや、締まりのない表情を思い出すと、喜多川もゲイなのかと思えてくる。

――いや、ノンケだ。

貴悠は昼間の梨本の言葉を思い出した。

『女子アナと結婚してスピード離婚してただろう』

ノンケのくせに男に抱きついて泣き叫ぶなんて、かなり変わっているとしか思えない。

「ったく、ふざけんなっての！」

吐き捨てる声が、扇風機の風に煽《あお》られ震えて聞こえる。

――でもきっと、あのオッサンが扇風機に向かって喋っても、いい声なんだろう……。

「あ」

無意識に喜多川の声を思い浮かべている自分に気づき、貴悠は生乾きの髪をグシャグシャと掻き乱した。

「あーっ！　あんな変態で小汚い……しかもノンケのオッサンなんて、あり得ねぇだろ！」

伯父の前では使わない口調で扇風機に向かって罵声《ばせい》を吐く。

乱暴な言葉を使うようになって髪を明るく染めたのは、国語教師の声を聞いて勃起してしまった、高校二年のゴールデンウィーク明け。

その頃から家族と口をきかなくなり、学校も徐々に休むようになった。

思春期特有の変化にしては度を越えた息子の姿に、両親が不安を覚えたのも仕方ないことだと思う。

けれど、貴悠だって必死だった。

汚い言葉も茶髪も、自分の性癖が周囲にバレるのを恐れて、他人と距離をとるために選んだバリアだ。

ゲイで引きこもりがちのコミュ障、おまけに声で勃起する重度の声フェチ。

自分が世間から浮いた存在だっていう自覚があるからこそ、親切にしてくれる人たちに余計な心配をかけたくない。

伯父の家に預けられてからも、必要以上に人と接しないよう、喋らないよう努めてきた。

仕事は好きだし、いつか梨本みたいな職人になりたいと思っているから、真面目に働く。

仕事中に施主に話しかけられれば、できる限りきちんと対応するようにもしている。

誰にも言えない後ろ暗い秘密がバレないよう、フツウを装う。

けれど、もうすっかり身についてしまった言葉遣いを変えることや、性癖がバレることへの恐怖心を拭うことは、そう簡単ではない。

今でこそ、植智造園で働く職人や事務員とそこそこ話をするようになったが、遊びに行こうと誘われても何かと理由をつけて断ってばかりだった。

何かのはずみで気がゆるみ、ぽろっとゲイだとバレてしまうのが怖い。

そうなったらきっと、伯父にも迷惑がかかるだろう。

「……マジで、困る」

扇風機の前で項垂れ、ぼそりと独りごつ。

まさか仕事先で、理想の声の持ち主に会うなんて思ってもいなかった。

しかも、あんなサイテーな出会い方で……。

『こんなところにいたのかよぉ――っ！』

唯一まともに聞き取れた台詞《せりふ》に、キュンとしたなんて本当は認めたくない。

まるで広い世界中、貴悠だけを探してくれていたみたいな、そんな錯覚に身震いした。

ワケの分からないことを喚く声すら、貴悠にとっては極上の響きをもって聞こえた。

けれど。

でも……。

「どんなに……イイ声だって、絶対に……駄目だ」

カラカラと小さな音を立てて羽を回す扇風機の前で、膝を抱えて丸くなる。

抱えた膝頭にコツン、コツンと額をぶつけ、自分に言い聞かせるように繰り返す。

「駄目だ。絶対にダメだ。あんな……オッサン、客だし、多分ノンケだし、変態だし――」

初対面の男にいきなり抱きつくような非常識な、男だ。

おまけに、あの無精髭。髪だってボサボサだったし、着ていた服も某有名アパレルメーカーのTシャツとステテコで、全然イケてなかった。

有名な作家らしいが、教科書や植木に関する本しか読んだことのない貴悠は、喜多川丸嗣なんてまったく知らない。

「ていうか、作家とか関係ないし」

だいたい、声がよかろうが作家先生だろうが、貴悠には許せないことがある。

あんなに広くて雰囲気のいい家に住んで、羨《うらや》ましいくらいの庭があるのに、何年も手入れせず放置していたという。

植木職人としてはまだまだ素人《しろうと》に毛が生えた程度の貴悠でも、庭の木々を見ればその傷み具合が分かるほどだった。

今回は伯父の後輩からの依頼ということもあってしっかり手入れすることになったが、あの喜多川が引き続き庭の手入れを続けるかどうか疑わしい。

「絶対に面倒臭がって、職人呼んだりしないに決まってる」

ずぼらな性格なのは一目見ればすぐに分かる。だいたい、庭を大事にしているなら、あんなになるまで放っておかない。

「マジでサイテー野郎だ。おまけに変態だし」

ずっと扇風機の前に蹲《うずくま》っていたせいで、髪がすっかり乾いてさらさらと風にそよぐ。

「あんなオッサン、いいトコなんて声ぐらいしか――」

言いかけて、ハッとなる。

「な、なんだよ。いいトコなんて、別に探してやることないだろ！」

自分に突っ込みを入れ、染めて傷んだ髪をキシキシと掻き乱した。

けれど、一度喜多川の声を意識すると、感情が暴れだして手がつけられなくなる。

あんな男のことなんか、考えるな！

そう思っても、頭の中に喜多川の声が甘く響く。

『こんなところに、いたのかよ』

少し掠れて、ビブラートがかかったみたいに震える声。高音になるとひっくり返って嗄れ声になるのが堪らなかった。

今まで聞いたどんな声よりも、鼓膜と心を強く揺さぶられた。

きつく腰を抱き締められたとき、汗ばんだ布越しに喜多川の体温を感じて、なんだかちょっと泣きたくなった。

「あ……」

いけない。

そう思うのに、身体が熱くなる。

貴悠に縋《すが》りつき、駄々っ子みたいに喚きながら、喜多川はなんて言ったのだろう。

鼓膜から全身に広がり、身体の内側にまで染み込んできた理想の声。

あまりにも突然で、ただただびっくりして……。

伯父や杉山たちのことも一瞬忘れてしまうくらい、聞き惚れてしまった。

「違う。あんなの……絶対に……」

好きになったり、しない——。

そうだ。

もう充分、痛い目を見たじゃないか。

『こんなところに……』

「うるさいっ！」

貴悠は両手で耳を塞《ふさ》ぐと、頭の中に繰り返し響く喜多川の声を遮断しようとした。

声がいいからって、簡単に人を好きになったりしない。

それに喜多川はノンケだ。

何故、貴悠に抱きついてきたのか分からないが、男は恋愛対象にならない人種だ。

だいたい、貴悠はもう恋愛には懲りている。

けして豊富な経験があるわけじゃない。

それどころか、本気で恋をしたのは、まだたったの一度だけ。

国語教師への想いは、恋だと自覚する前に消えてしまった。

その後、はじめて自覚した恋を、貴悠は最後の恋にすると決めたのに、手に入れたと思った幸福は、あっという間に終わってしまった。

それは、ほんの一年前のこと。

失恋の痛手はいまだに癒えていない。

声が好きだからって、簡単に人を好きになるのが間違いだってことぐらい、貴悠にもちゃんと分かっている。

けれど、理想の声を聞くと、自制が利かない。

まるで魔法にかけられたみたいに、その声のことしか考えられなくなる。

どういう仕掛けになっているのか貴悠にも分からない。

ただ、理想の声に鼓膜が震えると、心を置き去りにして身体が反応した。

肌が粟立《あわだ》ち、身体の芯から熱くなり、股間がみっともなく硬くなって、胸が壊れそうなほど高鳴る。

そうして脳が勝手に決めつけるのだ。

その声の持ち主を、運命の相手だって——。

相手が誰だとか、性格はどうだとか、容姿や年齢も関係ない。

ただ、その【声】に、貴悠は支配されてしまう。

それぐらい、貴悠にとって【声】は重要な意味を持つ。

そして、今日出会った喜多川丸嗣とかいう作家の声は、かつてないくらい貴悠の心を掻き乱した。

でも……。

植智造園の客で、伯父の後輩が担当する有名作家。

おまけにノンケ。

好きになったところで、報われないのは目に見えている。

「ダメだ」

両膝を抱き、背中を丸め、唇を噛み締める。

——あんな辛い想いをするのなら、もう誰も好きになったりしない。

油断するとすぐに脳内で喜多川の声を再生しそうになるのをぐっと堪え、貴悠は何度も何度も自分に言い聞かせた。

【二日目＊小桃ちゃん】

翌朝。

ときどき晴れ間が覗くものの、空には灰色がかった雲が広がっている。テレビの天気予報では、午後遅くには雨が降ると言っていた。

「お待たせしました」

いつものように座敷で座卓の前に座ると、槙田がそっと鮭《さけ》の塩焼きとなめこ汁、炊きたての白米にぬか漬けをのせた盆を置いてくれた。

「うわ、こりゃ凄い！　美味《おい》しそうだ！」

さっそく手を合わせて「いただきます」と言うと、槙田がニコニコしながら「どうぞ召し上がれ」と言って台所に戻っていった。

箸をとり汁椀《しるわん》に手を伸ばすと、赤出汁《あかだし》の匂《にお》いを鼻腔《びこう》いっぱいに吸い込む。

「ああ～、こんな真っ当な朝ごはんなんて、何年ぶりだろうなぁ」

時刻は八時過ぎ。

昨日、喜多川はふだん十時前にやってくる槙田に朝食の支度を頼んだ。

祖父が元気だった頃は必ず二人一緒に朝食の席についていたが、もともと朝は食べない主義だった。

「寛治さん、食後はお煎茶《せんちゃ》にします？　それともコーヒーですか？」

ひょっこりと顔だけ覗かせて槙田が問うのに、喜多川は鮭の皮を剝ぎながら「コーヒー」と答える。

「悪いね、急に朝ごはんなんか頼んじゃって」

「いいえ、気にしないでください。では、ごゆっくり」

槙田は微笑みを浮かべたまま、短く答えて奥へ引っ込んだ。

常に笑みをたたえて、必要最低限の会話に留《とど》めてくれるのが彼女のいいところなのだが、ときどき寂しく感じることがある。

「ああいうのも、ビジネスライクってことなのかね」

この広い家に一人で暮らすのに慣れたつもりだったが、ふとした瞬間、無性に人恋しくなることがあった。

そういうとき、以前は付き合いのある編集者や出版関係者を呼び出して、夜通し飲み歩いたりこの座敷で宴会をしたものだった。

しかし休筆宣言をしてからというもの、そういう機会も減ってきている。

執筆意欲が消え失《う》せ、妄想も浮かばなくなってしまうと、どういうわけか以前のように遊び歩いたり馬鹿騒ぎする気までなくなってしまったのだ。

けれど……。

「ようやく見つけたんだ。絶対に手に入れる」

白米を口いっぱいに頬張ってもきゅもきゅと咀嚼しながら、昨日出会った貴悠という植木職人の尻を思い浮かべる。

「あの妙なズボンの上からでも隠しきれないぐらい、あの尻は極上の小尻だった」

昨日、夜に調べたのだが、植木職人たちが身に着けていた独特のズボンは【乗馬ズボン】というものだった。もちろん、本当の乗馬用のズボンではないのだが、その形状から通称として定着しているらしい。

「ふふ……うへへへ」

朝になったらまたあの小尻が拝めると思うと、昨夜はなかなか寝つけなかった。

濃紺色の乗馬ズボンに包まれた、貴悠の小尻を想像するだけで、丼三杯は軽く白米が食べられそうだ。

三十七歳の男としてどうなのか……なんてことは気にしない。

本気で欲しいと思ったら、なり振りなんて構っていられないという心情を、喜多川は人生ではじめて味わっていた。

自分の作品では何度も登場人物たちに言わせたりしてきたが、その想いの熱量がこれほどまでとは知らずにいたのだ。

とにかく、この機を逃したら、もう二度と理想の小尻に出会えない……そんな気がしていてもたってもいられなくなる。

理想の尻なんて結局、自分が創り出す妄想の世界にしか存在しないのだと、なかば諦《あきら》めていた。

それが、青天霹靂《せいてんへきれき》。

まさに降って湧いたがごとく、目の前に現れた。

今度こそ理想の小尻を手に入れる――。

そのために、慣れない早起きをしてしっかり腹拵《はらごしら》えをし、貴悠を迎えると決めていた。

「朝ごはんは大事だって、昔学校で習ったしな」

口説ける日数は今日を含めて三日しかない。

短期決戦を優位に進めるためにも、きちんと朝食を摂ってエネルギーを充填しておくべきだと考えた。

なにせ相手は炎天下で長時間の作業にも耐えうる肉体をもつ植木職人だ。年中部屋の中でキーボードを叩いてきた喜多川とは、基礎体力に差があり過ぎる。

おまけに結構な年の差だ。

はっきりとは分からないが、貴悠という小尻の持ち主は十八、九、多く見積もっても二十一、二歳といったところだろう。喜多川とは一回り以上の年の差があるに違いない。

「いや、年の差なんて関係ない。情熱をもって口説けば、きっと想いは伝わるはずだ」

鮭の身を解《ほぐ》して口の中に放り込み、喜多川は自信満々の笑みを浮かべた。

九時を少し過ぎた頃、曇り空の下に野太い声が響いた。

「おはようございます、植智造園です。今日もよろしくお願いします」

今日はインターフォンは鳴らさず、植木職人たちは直接くぐり戸を抜けて庭へ姿を現した。やはり社長の漆沢だけが作業着姿で、他の職人たちは紺のシャツに乗馬ズボンという出《い》で立ちだ。彼らが着用しているシャツは【鯉口《こいぐち》シャツ】というもので、お祭りのときに男衆が着ているのと同じだと喜多川は昨日はじめて知った。

「おはようございます、先生」

縁側で出迎えた喜多川に、漆沢が日焼けした顔に笑みをたたえて近づいてくる。他の職人たちはさっそくそれぞれ作業に入る準備を始めた。

「どうも」

喜多川はちらりと貴悠の様子を窺《うかが》いつつ、漆沢に愛想笑いを向ける。

「先生、台風が近づいているのはご存じですか」

「え……ええ、まあ。天気予報で言ってたっけね。確か」

昨日と同じように頭にタオルを巻き、庭の奥の方へ一輪車を押していく貴悠を見ながら答える。

貴悠は昨日の午後から変わらない素っ気ない態度で、喜多川のことなどチラッとも見やしない。

——まあ、当然だよなぁ。

喜多川は胸の中で苦笑する。

昨日、初対面にもかかわらずいきなり抱きついたとき、散々に拒絶されたのだ。もしかしたらもう来ないかもしれないと不安に思っていただけに、その小尻を見られただけでも充分だと思わなくてはならない。

「それで、今日中にできるだけ作業を進めたいんですが、夕方、多少遅くなっても大丈夫ですかね？」

「ええ、ああ、うん。多分、大丈夫じゃないか」

漆沢の声に意識を引き戻される。

「天気がもつようなら、庭にライト置かせてもらって作業するかもしれません。あ、電源はバッテリー持参で来てますんで」

神妙な面持ちでそう続けるのに、喜多川は空を仰ぎ見た。

「今日はもつんじゃないか？」

「そうだといいんですが、どうも台風が予報より南寄りに進路を変えたらしくてですね。下手すると明日一日、作業ができない可能性が出てきたんです」

視線を戻すと、漆沢が困惑顔で喜多川を見た。

「なので、できるだけ作業を進めておきたいんですよ」

――ということは、今日は昨日より長い時間、あの麗しの小尻を観賞できるってことか！

頭の中の妄想はおくびにも出さず、喜多川は漆沢に大きく頷いてみせた。

「そういうことなら、ウチはまったく構わないよ。植智さんのいいようにやってくれ」

「すんませんね。昨日のうちにもうちょい進めときゃよかったんですが」

さも申し訳なさそうに頭を下げる漆沢に、喜多川は上機嫌で首を振る。

「いやいや、ウチも長いこと放ったらかしにしてたしな」

正直、作業の進捗《しんちょく》はどうでもよかった。

貴悠という若い職人が少しでも長く自分の目の届く場所にいる可能性が高まったことが、跳び上がりたいくらい嬉しい。

「ありがとうございます。あ、ご近所には迷惑のかからない範囲でやりますんで」

漆沢がぺこりとお辞儀して作業に向かおうとするのを、喜多川は慌てて呼び止めた。

「あ、社長！」

足を止め、漆沢が不思議そうな顔で振り返る。

「なんかのネタに繋《つな》がるかもしれないんで、作業してるの、近くで見させてもらってもいい？

分からないことがあったら、質問とかもしたいんだけど」

するとと、漆沢がほんの一瞬、訝《いぶか》るように目を細めた。

けれどすぐ、ニコリと営業スマイルを浮かべ「いいですよ」と頷いて続ける。

「ただ、作業中は鋏や鋸を使ってることが多いんで、必ず声をかけてから職人に近づくようにしてください。できりゃあ、ここか……近くても二メートルぐらい離れて見ててほしいんですがね」

「悪いな。邪魔になんねぇよう、気をつけるよ」

漆沢が「じゃあ」と言って踵《きびす》を返す。

喜多川は庭に背を向けると、こっそりガッツポーズをした。

しかし、下草を刈っただけの庭は、素人がやすやすと足を踏み入れられる状態ではなかった。

それに、曇ってはいるが気温が三十度近くあり、インドア派の喜多川には厳しい環境だ。

「うへぇ……。なんだよ、これ。よくあんな格好で動き続けられるな」

長袖の鯉口シャツを着て忙しく働く職人たちの仕事ぶりに舌を巻きつつ、座敷や縁側から眺めるのが精一杯だ。

「まあ、こっからでもラブリーな小尻が拝めるからいいけどさ」

本音を言うと、胡座を掻いた膝の上に貴悠の尻をのせてみたいし、この手で直接撫でまわしたい。乗馬ズボンをすっぽーんと脱がせ、ぷりっとした二つの丸い尻朶を揉《も》みまくりたい。

「さすがに、昨日の今日で、それは無理だろうけどな」

まずは貴悠の警戒心を解き、気心が知れた仲という状態に持ち込みたかった。

そうすれば冗談交じりにでも、尻に触れるかもしれない。

「……ああ、どんな手触りだろうなぁ」

カッと目を見開いて、真面目に作業する貴悠の尻を見つめながらも、喜多川は脳内でしっかり妄想を働かせていた。

貴悠はというと、喜多川の存在にはまるで無関心な様子で、植木に巻きついた蔓草《つるくさ》を取り除いている。

仕事中なのだから当然といえば当然なのだが、ちょっと虚しい。

尻を見ているのも楽しいが、喜多川はあの小尻が欲しいのだ。

なんとしても、自分のモノにしたいのだ。

そのために、貴悠本人を振り向かせたいと思っているのに、空気みたいに無視されるとなんとなく腹立たしい気持ちになってくる。

——ちょっとは意識したっていいだろうによ。

空を覆う灰色の雲がゆっくりと厚みを増していくのを見上げ、喜多川は知らず溜息を吐いていた。

「おーい、社長さんよぉ。そろそろ休憩しないかぁ?」

どんよりとして、いつ雨粒が落ちてきてもおかしくない空模様の中、喜多川は大声で庭に向かって呼びかけた。

「ありがとうございます! おい、休憩だ!」

漆沢の一声で、職人たちが一斉に手を止めた。

「こんな天気だし、こっちで休憩しなよ」

「スンマセン、お言葉に甘えさせてもらいます」

タオルで汗を拭いながら漆沢たちが近づいてくる。

一番後ろをついて歩く貴悠は俯《うつむ》いたまま、喜多川の方を見向きもしない。

「どうぞ。お口に合うか分かりませんが、召し上がってください」

槙田が冷たい麦茶の入った水差しと、茶菓子を盆にのせて持ってきてくれた。そうしてすぐに奥へ引っ込む。

「こりゃあ、美味しそうな菓子ですなぁ」

「ご馳走《ちそう》様です」

職人たちが麦茶や菓子に手を伸ばす中、貴悠が縁側の一番端に腰を下ろす。

――なんだよ、ツレねぇな。

警戒されても仕方がないと分かっているが、あからさまに避けられているみたいで、喜多川は地味にショックを覚えた。

「なあ、そんな端っこにいたら菓子、届かねぇだろ？」

喜多川は適当に個包装された菓子を手にとると、貴悠にそっと近づいた。

「……え、や、オレは……っ」

ビクッと大袈裟《おおげさ》なくらい肩を震わせ、貴悠が頭に巻いたタオルを外しながら背を向ける。

――そんなに嫌がることねぇだろ。

ムッとしつつも、喜多川は愛想笑いを浮かべた。

「昨日のことは……その、俺も悪かったって思ってる。その、ホントに、悪かった」

茶髪の間から覗く耳がほんのりと赤くなっているのを認め、「また怒らせちまったかなぁ」と思うのに、喜多川は貴悠に話しかけるのを止《や》められない。

「実はその、きみの……えっと、貴悠っていうんだっけ？　貴悠クンのお尻がだね、その俺が求める理想のお尻であってだねぇ……」

「はあ……っ？」

ほんのりどころか、リンゴかトマトかってくらい赤い顔をして、貴悠が勢いよく振り返る。

「尻ぃ？」

長い前髪が顔の半分ほどを覆っていたが、貴悠の目が驚きと怒りに鋭く光るのがはっきりと見てとれた。

ああ、本気で怒ってるなぁ……。

こりゃ、いかん——と頭では分かっているのに、ちょっと手を伸ばせば触れられる距離に理想の小尻があるという意識が、喜多川を奔馬のごとく逸《はや》らせた。

「そうなんだよ、貴悠クン！」

無意識のうちに、喜多川は縁側に膝立ちした格好で貴悠の肩を摑んでいた。

「いや、小桃《こもも》ちゃん！」

「——っ」

上擦った声で呼びかけると、貴悠が愕然として目を見開いた。

「え、何？　桃？」

「……せ、せんせ？」

「なんだ、どうした？」

縁側に並んで腰かけた植智造園の男たちが驚いた様子で喜多川たちを見る。

「こ……もも？」

わなわなと唇を震わせて、貴悠が小さく呟いた。熟れたトマトみたいな赤い顔の上を、一粒、二粒と汗の雫《しずく》が転がり落ちる。

やがて、前髪の隙間から覗く瞳が、ゆっくりと細められていった。

「何、言ってんの？」

貴悠が眉間に深々と皺を寄せ、低く唸《うな》るような声で問い返す。

気づくと、左肩を摑んだ喜多川の手に、貴悠の右手が重ねられていた。そうして、きつく握られる。

「いっ……」

「馬鹿にしてんのか？」

貴悠の声は、漆沢たちの耳に届いていないらしい。ただならぬ雰囲気を感じているようだったが、茶菓子を摘《つま》みながら様子を窺っている。

「馬鹿にしてなんか、いねぇよ」

強く手を握られ、痛みに顔を顰めつつも、喜多川はニコリと微笑んでみせた。

ここですぐに手を放し、貴悠に「すまない」と謝ればいいのだが、そうできないのが喜多川だった。

「なあ、お前さんの尻は俺史上サイコーの小尻なんだ。それこそきゅっと実の詰まった甘い小振りの桃みたいに！」

話すうち、どんどん感情が昂《たかぶ》っていく。

かつて経験したことのない興奮に煽られ、肩を摑んでいた手を放すと、パッと貴悠の右手を両手で握り締めた。

「ぱっ……、放せよ！」

すかさず、貴悠が上擦った声を放つ。

「一級品の小桃のごとき至宝！」

喜多川が叫ぶと、漆沢たちがぎょっとして二人に注目するのが分かった。

「だから、小桃ちゃん！　どうだ、かわいい呼び名だろう？」

してやったりという顔で、わなわなと驚愕した様子の貴悠を見つめる。

数秒、互いに見つめ合っていたかと思うと、次の瞬間、恐ろしいほどの勢いで手を振り払われた。

「ふざけんな！」

びっくりするほどの大声で叫んで縁側から立ち上がり、喜多川を鬼の形相で睨みつける。

喜多川も、そして植智造園の男たちも、ギョッとして貴悠を見つめた。

「アンタ、有名な作家先生か知らないけど、お……男のケツがかわいいとか、頭おかしいんじゃね？」

言葉を発するたびに揺れる前髪の隙間から、大きな目に涙が滲むのが見えた。怒りのあまり、涙腺《るいせん》がゆるんでいるのかもしれない。

「今どき、男にだってかわいいって形容詞を使うのはふつうのことだろ？」

喜多川は首を傾げてみせた。

すると、貴悠が真っ赤な顔をさらに深く染めあげる。

「そうじゃねぇだろ！」

漆沢たちは突然のことに驚いているのか、固唾《かたず》を呑んでこの状況を見守っていた。

「じゃあ、言わせてもらうけど、俺はお前の尻がかわいいと思ったからそう言っただけだ。なのに頭がおかしいとか、俺の価値観にケチつけてもらいたくないなぁ」

曇天を背に、肩を怒らせて激昂《げっこう》する貴悠を見上げて言った。

「話、すり替えてんじゃねぇよ！」

貴悠が派手に声を上擦らせて言い返す。

激しい怒りの矛先を向けられているというのに、喜多川は不思議とイヤな気はしなかった。

憤慨するあまり泣き出しそうな顔をして全身を小刻みに震わせる様が、なんともかわいらしく思えるのだから不思議に思う。

しかし……。

「だっ……だいたい、オレのケツなんか見たことないくせに、かっ……かわいいとか、変なあだ名つけたりしないでくれませんかね！」

貴悠が続けて発した言葉に、喜多川の小尻フェチたる自尊心を傷つけられ、さすがに黙っていられなくなる。

「馬鹿野郎！　自分のケツの価値も分かってねぇガキが文句言うな！」

咄嗟《とっさ》に立ち上がり、縁側の上から貴悠を見下ろす。

縁側と地面の高低差に互いの身長差を加えると、五十センチあまり。

かなりの上から目線で睨みつけても、貴悠は微塵《みじん》も怯《ひる》まない。

「自称だけどなぁ、俺は世界一の小尻フェチだ！　そしてそこそこ売れてる作家だぞ！　作家の妄想力と小尻フェチのこだわりをもってすれば、たとえズボンをはいていようがお前がどんな尻をしてるかなんて、丸分かりなんだよ！」

「……なっ」

貴悠の顔を染めていた赤が、羞恥《しゅうち》の赤に変化したのを喜多川は見逃さなかった。

動揺に瞳が揺れるのに、さらに追い打ちをかける。

「俺の前で、お前は常にケツ丸出しにしてんのと同じだって覚えとけ！」

一瞬、あたりが静まり返った。

——あ。

やっちまった……と思っても、後の祭り。

貴悠はもちろん、漆沢たちがドン引きするのが、伝わってくる。

「ぎゃはははっ！　なんだよ、おっかしいの！　小尻フェチだってよ！　あはははは！すげぇ、笑える！　服着てでもケツが分かるってどんなだよ！　めっちゃウケるわ！」

杉山とかいう職人だけが、ゲラゲラと腹を抱えて笑い転げていた。

「……ぃや、あの」

居心地の悪さに髪をわしわしと掻き乱しながら、漆沢たちを見回し、最後に貴悠の表情を窺う。

貴悠はこれ以上はないというくらい目を見開き、愕然として喜多川を見上げていた。

「さっきのは……ものの喩《たと》えっていうか、まあそれぐらい尻にこだわりがあって、俺がどれだけお前の尻が好きかって話で……」

今さら取り繕ったところで、覆水盆に返らず。

「……馬鹿にすんのも、いい加減に……しろよ」

ゆっくりと顔を下に向け、貴悠が口を開いた。

全身に激しい怒りをまとうのが、手にとるように分かる。

「その、言い過ぎた。ごめん、小桃ちゃん」

慌てて宥《なだ》めにかかるが、逆効果。

「あ」

後悔、先に立たず。

「小桃ちゃんじゃねぇ」

じゃり、と地下足袋を履いた足が、地面をにじる音がした。

「貴悠……クン」

「馴れ馴れしく、名前呼ぶんじゃねぇよ。変態オヤジッ！」

叫んだかと思うと、貴悠が手にしたタオルを喜多川に向かって投げつけた。

「アンタ、マジで頭おかしいんじゃないのか！　お、男が男に『お前の尻が好き』なんて言われて喜ぶわけないだろっ！」

「うわっ！」

胸許に飛んできたタオルを咄嗟に摑む。

そうして思わず閉じてしまった目を開くと、貴悠が漆沢の方へ近寄っていくのが見えた。

「社長」

「た、貴悠……」

漆沢はなんと声をかければいいのか分からない様子だ。

貴悠が深々と頭を下げる。

「今日は気分悪いんで、先にあがらせてもらいます。勝手してすみません」

落ち着いた口調でそう言って頭を上げると、貴悠は漆沢の返事も待たずに背を向けた。

「あ」

足早に庭を後にする貴悠の背中にあきらかな拒絶を認め、喜多川も呼び止めるのを躊躇《ためら》う。

「うわ、マジで帰る気か？」

縁側で笑い転げていた杉山が起き上がり、くぐり戸の方へ首を伸ばす。

「杉山、いいからそろそろ作業に戻れ」

漆沢に言われ、杉山は渋々といった様子で麦茶の残りを一気に呷った。

「あれじゃあ、今日は使いものにならねぇよ」

ベテランっぽい職人が溜息を吐いて漏らすのに、さすがに喜多川も罪悪感を覚える。

「あの、社長……」

漆沢に一言でも謝った方がいいかと声をかけたとき、山の上に稲光が走り雷鳴が轟《とどろ》いた。

「ああ、こりゃ降ってきそうだな」

漆沢がそう言って空を仰ぐ。

喜多川もつられて上を向いた。

いつの間にか濃い灰色の雲が低く垂れ込め、雷が繰り返し鳴り響いた。

「先生、貴悠が失礼なことを言って、すみませんでした」

漆沢が縁側から立ち上がって頭を下げる。

「い、いやっ。俺こそ変なこと喋って怒らせちゃったし……」

「いいんですよ。貴悠の奴、あんまりあんなふうに感情を表に出すことないんで、たまにはああやって吐き出させた方がいいのかもしれません」

漆沢がくぐり戸の方を見つめて嘆息する。

「あ、あの、小桃……貴悠クン、もしかして、ワケあり……？」

喜多川が問いかけると、漆沢が太い眉をハの字にして答えた。

「口が滑りました。身内のことなんで、聞かなかったことにしてください」

そのとき、ポツポツと雨が降りだした。

「お茶と菓子、ご馳走さんでした。あんまりお気遣いせんでくださいね」

「あ、うん」

漆沢が軽く会釈して、降り出した雨の中へ駆け出していく。

「おい、急いでできるとこまで進めるぞ！」

先に庭に戻った二人に声をかけながら、漆沢も作業を再開した。

喜多川はしばらくの間縁側に立ち尽くしていたが、槙田がお茶を下げるのを見届けると、黙って書斎に引っ込んだのだった。

その後、風雨ともに激しくなり、昼前には漆沢も作業を進めるのは無理と判断し、撤収していった。

その夜、雨戸がガタガタと音を立てるのを聞きながら、喜多川は書斎で買い置きのカップ麺《めん》を啜っていた。

「おう、こっちにいたのか」

いきなり襖《ふすま》を開けて顔を覗かせたのは、楠木だ。

何かあったときにと、長い付き合いの楠木と家政婦の槙田に合鍵を渡している。

「この雨の中、わざわざ何しに来たんだよ」

台風は予想ルートを大きく外れ、勢力を強めつつ今夜遅くにも東京を直撃するらしい。

外からは激しい雨音と強風に煽られて庭木がざわざわ揺れる音が絶えず聞こえてくる。

「ああ。タクシー降りて玄関入るまでにこの有り様だ」

楠木のスーツは胸から下がぐっしょり濡れて、染めたみたいに色が変わっていた。傘を差してはいたのだろうが、スラックスの膝から下などはとくに泥はねが酷い。足許は靴下を脱いで裸足だった。

「おい、ちゃんと雑巾《ぞうきん》で拭いてから上がってこいよ」

「その雑巾がどこにあるか分からねぇから、家中お前さんを探して歩いたんだろうが」

楠木はその手に濡れて汚れたハンカチを握っていた。一応はそのハンカチで足許を拭ったのだろう。

「俺だって知るかよ。玄関の脇になけりゃ、台所か洗面所だろ？」

「槙田さん、もう帰ったのか？」

「この天気だし、庭師も昼には作業切り上げて帰ったから、昼飯だけ用意してもらって帰した」

書斎の入口で立ったままの楠木に、喜多川はラーメンを啜りながら答えた。

「ちょっと雑巾かタオル、探してくる」

埒があかないと踏んだのだろう。楠木は濡れたスラックスの裾を折り上げると、雑巾を探しに向かった。

「で？　何しに来たんだ？」

下唇の端に張りついたネギを指で引っ掻いて剝がし、缶ビールを呷る。

今日、貴悠が怒って帰ってしまってから、気分がいっこうに晴れない。

「何もあんなに怒らなくてもいいだろ。なんで男が男のケツを褒めちゃなんねぇんだよ」

あんなに素晴らしい小尻を持ってるのに……。

日中の光景を思い返せば返すほど、苛立ちが募った。

そりゃ、多少は気持ちが悪いかもしれないが、同性からでも身体の部位を褒められたら少しは嬉しいものじゃないだろうか。

足が長いとか、胸筋かっこいいとか、唇が色っぽいとか……。

喜多川だってごく稀《まれ》にだが、声がいいと褒められることがある。女性から言われることが多かったが、その場に同席した男が同意して「いい声だ」と言われたことがあった。

「まあ、自分じゃ自分の声なんてどこがいいのか分からねぇけどな」

言って、はたと気づく。

もしかして貴悠も今の自分と同じように、己の尻の素晴らしさに気づいていないだけかもしれない。

「あったよ、あった。洗面所の隅に何枚かまとめて置いてあったよ」

スーツのジャケットを脱いで首にタオルをかけた楠木が書斎に戻ってきた。手には缶ビールを持っている。冷蔵庫から勝手に持ち出したのだ。

「おい、俺のビール」

「一本ぐらいいいじゃねぇか」

書棚の前に胡座を掻いて座る楠木に、喜多川は「一本だけだからな」と念を押した。

「で？　今日はなんの用だ？」

麺を食べ終えたカップを口にあて、スープを一気に飲み干して再び訊ねる。

「いや、夕方に漆沢さんから電話もらってね」

漆沢の名を聞いた途端、頭に真っ赤になって涙を浮かべた貴悠の顔が浮かんだ。

「な、なにを？」

かすかに声が震えたのに、楠木は気づいただろうか。

「戸田くん、ここの作業から外してくれって言ってるらしい」

「……戸田？」

はじめて耳にする名前に、喜多川は首を傾げる。

「お前さんが虐《いじ》めて泣かせた、植木職人だよ。茶髪の若いコ！」

「小桃ちゃん、戸田ってぇのか……」

「キタちゃん、あのコの名前も知らなかったのか？」

呆れた様子で楠木が睨みつけてくる。

「知ってるよ。貴悠ってんだろ？」

咄嗟に言い返すと、鼻で嗤《わら》われた。

「はっ、苗字《みょうじ》は知らなかったくせに」

「そ、それは仕方ないだろ！　名刺もらったわけじゃねぇし、自己紹介もされてねぇ。それに、漆沢さんたちが名前で呼んでたんだからよ……」

唇を尖《とが》らせると、楠木が「まあ、そんなことはどうでもいい」と話を先に進める。

「その戸田くんに、えらい勢いで口説きにかかったってぇのは、本当か？」

漆沢からどんなふうに聞いたのか分からないが、大旨間違っていないので頷いた。

「うん」

楠木がまた溜息を吐く。

「なあ、キタちゃん。相手は男だぞ？」

「いや、俺もそこはちょっと考えたんだけどよ」

そう言うと、喜多川はおもむろに楠木の正面に移動した。

「確かにアイツは男だ。けどな、小桃ちゃんの小尻はきっと世界中どこを探したって見つからないって思うくらい、完璧なんだ！　こう、俺の手に収まるサイズの小振り感で……」

「キタちゃん！　俺の話を聞けよ！」

興奮して貴悠の尻を語り始める喜多川を遮り、楠木が声を荒らげる。

「そんな大声出さなくたって聞こえてるよ」

「放っといたらいつまで経っても話が進まねぇと思ったんだよ」

困惑と、そしてかすかな苛立ちが楠木の顔に滲んでいた。

「悪い」

尻の話だけではないが、妄想話になると周囲が見えなくなるのは悪い癖だ。喜多川は素直に謝った。

楠木が「相変わらずだなぁ」と言って微笑み、話を再開する。

「……まあ、相手が男ってのは横に置いとくとしてだな、キタちゃん。お前さん、もうちょっと相手の気持ちを考えて口説けねぇもんかね？」

「は？」

ふと、楠木がいつになく神妙な面持ちで自分を見つめていることに気づいた。

「なあ、キタちゃんよ。お前とは二十年の付き合いになるが、尻が目当てとはいえ現実の人間にここまで執着したところを見るのははじめてだ」

いったい何を言い出すのだと、喜多川はうっすらと頭皮が透ける楠木の頭頂部を盗み見ながら、同じように神妙な顔つきで頷く。

「うん、言われてみればそうだな」

まったく自分では意識していなかったが、楠木が言うとおり、喜多川は自分の頭の中の妄想の世界に夢中で、現実世界にはまったくと言っていいほど興味を感じたことがなかった。

以前、楠木にも言われたが、かつての妻でさえ本当に愛していたかと問われると、なんとも答えられないくらいなのだ。

――辛うじて、尻が及第点だったんだよなぁ。

それだけだ。

「多分、まともな恋愛経験なんてないんじゃないのか？」

「仕方ないだろ。物心ついた頃から妄想に忙しくて、他人なんて興味なかったんだ。おまけにデビューしてからは原稿三昧《ざんまい》、締め切り地獄だったろ。恋愛どころの話じゃなかったじゃないか」

「そんな言い方するなよ。けどまあ、デビューさせたのは俺だからなぁ」

楠木が自嘲するように笑う。

「ちょっとは俺にも責任があるかもしれねぇな」

「お、認めんのか?」

「だからこうして、台風の中、来てやったんだろ?」

また脇道にそれてしまった話を、楠木がようやくもとへと戻す。

「戸田くんのことでは、キタちゃんにいろいろ言ってやりたいことがある。けど、今は言わずにおく」

「なんだよ、気持ち悪いな」

匂わせておいて話さないのは狡《ずる》いと、上目遣いに促してみるが、楠木はさっさと話を先に進めようとした。

「漆沢さんから話を聞いて、ちょっと思うところがあってね。こだわりがあるが故に離婚しちゃったキタちゃんみたいに、戸田くんにもいろいろ事情がある。お前、そういうこと考えちゃいないだろ?」

言葉の内容は理解できるが、いったい楠木が何を伝えようとしているのかが喜多川には分からなかった。

なので、ただ黙って先を促す。

「で?」

「キタちゃんが戸田くんのお尻に惚れちゃったのは、もうどうしようもない」

楠木が諦めたような口ぶりで零すのに、喜多川は意を得たりと手を叩いた。

「お、分かってくれたか。楠木さん」

「分かるとか、分かんねぇとかじゃねぇだろ」

すると、楠木が深い溜息を吐いた。

「ふと思い出したんだ。お前さんのデビュー作の映画化が決まったときのことをよ……」

言われて、喜多川も過去の記憶を辿《たど》ってみる。

楠木の目にとまったデビュー作はあれよあれよという間にベストセラーとなり、すぐさま映画化が決まった。

「……ああ、アレな」

頷きつつ、喜多川はすっかり忘れていた苦い記憶に苦笑する。

「お前、デビューしたてのド新人のくせに、ヒロインのキャスティングに思いきり文句つけただろ？　あのときも確か『尻』がどうのこうのと言ってたな……ってよ」

ドカンと売れたベストセラー作とはいえ、新人のデビュー作だ。話題性は高いにこしたことはないと、ヒロインに当時人気絶頂だったアイドルを起用することになった。

そのキャスティングに、喜多川は猛烈に反対したのだ。

アイドルの尻が、理想の尻と遠くかけ離れていたから――。

「お前さんがしきりと『尻が……尻が違う』ってブツクサ零してた理由が、あのときはまったく分からなくて、制作側に説明するのに滅茶苦茶苦労したよなぁ」

喜多川が断固としてキャスティングに許可を出さなかったため、映画化の話はなかなか進まなかった。

「フン。結局、あのときも尻に妥協したんだ。俺は今だって納得してねぇ」

喜多川丸嗣のデビュー作が完成し上映されたのは、企画が立ってから五年後のこと。

ヒロインはオーディションで選ばれた、小さなモデル事務所に所属する小尻の持ち主だった。

「けど映画は当たったじゃないか」

重版に重版を重ね続けた作品の映画化とあって、無名の女優をヒロインに起用したにもかかわらず、映画はその年一番のヒット作となった。

「あのときヒロイン演じた子も、今じゃすっかり実力派大女優だしなぁ」

「尻がよかったんだろ。今じゃすっかりケツの形も変わっちまったけどな」

ぶっきらぼうな言葉に、楠木が苦笑を浮かべた。

「あのときのキタちゃんの猛反対のせいで、しばらくの間、どんなに売れた本でもなかなか映像化を引き受けてくれるトコがなくて、上の人間は難儀したんだぜ？」

喜多川丸嗣はキャスティングに口を出す――。

そんな話が業界に広まったせいで、デビュー作の映画以降、数年はアニメ化ばかりが続いたのだ。

「今じゃあキャスティングにはコレッぽっちも触らせちゃくれねぇよな」

「喜多川先生の意見を聞いてたら、いつまで経っても撮影できねぇだろうがよ」

楠木が絵に描いたような呆れ顔でコクコクと頷き、チラッと喜多川に目を向ける。

「まったく、とんだ尻フェチ作家様だ。なんで今まで気づかなかったかね」

そう言って溜息を吐き「それでだ、な」と続けた。

「キタちゃんの小尻好きはもう、どうしようもないとしても……だ」

楠木の言い方に毒を感じつつ、喜多川は黙って聞いていた。

「今のまま押せ押せでアピールしてもお尻が目当てだと思われるばっかりで、いつまで経っても彼は受け入れてくれないぜ？」

確かに、あれだけの情熱を持って小尻の素晴らしさを訴えたのに、貴悠は喜ぶどころか激昂して帰ってしまった。

「相手のどこが好きか伝えるのも大事だけどよ、まずお互いをよく知るってことが必要じゃねぇか。なあ、それが恋愛ってモンだろう？」

「れん……あい、ねぇ？」

言われて「あれ？」と首を傾げた。

「ちょっと待て、俺はあの小桃ちゃんに恋愛感情を抱いてるってことなのか？」

今度は楠木が「え？」と驚いた顔をした。

「おいおい、キタちゃん。冗談じゃねぇぞ。恋愛小説も人情物もなんでもござれな売れっ子作家が、なんでそんなことも分かってねぇんだよ」

すかさず喜多川は喚き返した。

「馬鹿野郎！　妄想と現実は別モンだろ。それに、俺の妄想に、俺は出てこないんだよ！」

直後、楠木が大きく目を見開いたかと思うと、腹を抱えて大笑いした。

「おいキタちゃん。お前本当にベストセラー作家かよっ」

座ったまま背中を丸め、畳を叩いて笑い続ける楠木を見下ろし、喜多川はすっくと立ち上がった。

「うるせぇなっ……！」

「ど、どうした？」

楠木がひぃひぃと笑いを噛み殺そうとしながら顔を上げるのに、喜多川は手近にあった自著を拾い上げてみせた。

「小桃ちゃんに喜多川丸嗣を知ってもらうんだ。それには俺の本、読んでもらうのが手っ取り早いだろ？」

「え、まさか……今から？　……ていうか、お前さん。俺が言ったこと、なんか意味をはき違えてねぇか？」

楠木が呆然とする。

「喧《やかま》しい！　思い立ったが吉日！　善は急げって言うだろうが！」

楠木の腕をとると、強引に立ち上がらせた。

「送ってくから一緒に乗っていけよ」

ちなみに、喜多川は運転免許を持っていない。

「偉そうに言うなよ。タクシー呼ぶのは、俺だろうに。……ていうか、キタちゃん」

そのまま玄関に向かおうとする喜多川に、楠木が渋々ついてきながら告げた。

「お前、その格好で行くのか？」

「へ？」

喜多川はいつもの普段着のつもりだったが、言われてみれば少しみっともない格好をしていることに気づく。首まわりや袖口のゴムが伸びたヨレヨレのトレーナーに、同じくよれよれのスウェットパンツ。

「スーツを着ろとは言わねぇが、もうちょっとマシな服に着替えろ。タクシー、呼んでおくから」

「お、おう。悪いな」

そうして喜多川は寝室の衣装箪笥《いしょうだんす》の中から、Vネックの薄手のニットシャツと、やや細身のカーゴパンツを引っ張りだした。

「……楠木？」

「夜分にすみませんね、漆沢さん」

再び雨に濡れてしまった楠木が、驚きに唖然とする漆沢にペコリと頭を下げる。

「いや、こんな雨ン中どうしたんだ……。あれ、喜多川せん……せ？　いったい二人揃ってどうし……」

「小桃ちゃん、いるかね？」

突然の来訪に驚く漆沢を後目《しりめ》に、喜多川は勝手に玄関に上がり込もうとした。

「あ、あの貴悠は離れの方に……」

「あっちのがそうだな？」

漆沢の言葉を最後まで聞かずに、玄関を飛び出した。

喜多川はずぶ濡れになるのも構わず、二枚重ねたビニール袋に入れた自著をしっかり胸に抱え、母屋の玄関から見えていた離れに急いだ。

台風の中心部はすでに通り過ぎたのか、少し前とは風向きが変わっている。しかしそれでも、雨風は相変わらずの激しさだ。

「おーい！　俺だ！　小桃ちゃん、聞こえるかっ？」

昭和の匂いが色濃く漂う木造二階建ての離れの玄関先で、喜多川は雨や風の音に負けまいと大声を張りあげた。同時に、引き戸をドンドンと激しく叩く。

しばらくすると玄関内に灯《あか》りがともり、ガラリと戸が開いた。

「な、何しに来たんだよ！」

貴悠が信じられないといった面持ちで、喜多川の顔を見るなり怒鳴る。

ランニングシャツに短パンという姿に一瞬「お！」となったが、持ってきた本を見せたい気持ちが勝った。

「とりあえず、中に入れろ」

髪だけでなく着ている服からも水が滴り落ちた。眼鏡のレンズも濡れて視界不良極まりない。

「ちょ、ちょっと」

びちょびちょのまま三和土《たたき》から問答無用とばかりに上がり込もうとする喜多川の腕を、貴悠が慌てて摑み、引き止める。

「なんだよ。ここじゃ寒いんだ」

振り返ると、貴悠がサッと目をそらす。

その目許がほんのりと上気しているように見えた。

「タオル……持ってくるから」

「あ、ああ。悪いな」

全身びしょ濡れだという自覚はあるのに、身を拭うということに気が回らなかった自分に驚く。

――そんだけ、気が逸ってるって……ことか。

そう思いつつ、楠木の言葉を脳裏に浮かべた。

『それが恋愛ってモンだろう？』

貴悠に自著を読ませたいという強い想いだけが、喜多川を突き動かしていたのだ。

「ほら」

奥からバスタオルを手に戻ってくると、貴悠が乱暴に投げて寄越す。

「すまん」

胸に抱えた本を右腕で支え、左手でタオルを受け止めた。そのまま雑な手つきで頭や身体、そして眼鏡を拭っていく。

「なあ」

ひととおり全身を拭い終えたところで、貴悠が声をかけてきた。

「ん？」

濡れた髪を掻き上げて目を向けると、上がり框《がまち》に立つ貴悠と目線が丁度同じ高さになった。

片手で不器用に髪や身体を拭っていた喜多川に、不機嫌そうに顎をしゃくってみせる。

「さっきから何抱えてんの」

「あ、ああ」

胸許に抱えた自著を貴悠が怒ったような目で見据えるのに気づいて、喜多川はフッと頬をゆるめた。

「小桃ちゃんに俺のこと、よく知ってもらいたいと思ってさ」

言いながら、ビニール袋から自著を取り出す。

「一冊ぐらいは読んだことあんだろ？」

「知らない。オレ、そういうの興味ないし」

逸る気持ちを一瞬で叩き折る抑揚のない声に、喜多川は耳を疑った。

「え——？」

驚愕に瞠目《どうもく》して貴悠を見ると、バツが悪そうに目をそらす。

「オレ、アンタが有名な作家先生だってことも知らなかったから」

「う、そ——」

信じられなかった。

「じゃ、じゃあ、映画とかドラマになった……」

咄嗟に映像化された作品について訊ねる。

しかし、すぐさま否定された。

「もともとテレビとかあんまり見ないし」

「マジか——ッ！」

それでも喜多川は信じられない。

「えっと、一冊も……？」

もう一度、問い返す。

すると貴悠が目だけをこちらに向けて、こくんと頷いた。

「ッ――」

ショックで声も出ない。

膨大な自著をすべて読んでいる読者がいるとは喜多川も思っていないが、まさか一冊も読んだことがないばかりか、ドラマや映画になった作品も知らないなんて……。

――俺、ホントは売れてないんじゃねぇか？

そんな疑念すら脳裏を掠める。

「小桃ちゃん、それは……今どきの若者として、どうかと思うけど？」

それでもどうにかショックから立ち直ろうと、頬を引き攣《つ》らせながら笑顔を作った。

「小桃ちゃんて呼ぶな」

ブスッとして貴悠が目を伏せる。

「じゃあ、この機会に是非、喜多川丸嗣作品、読んでみなよ？　これなんか小桃ちゃんぐらいの若い連中に……」

「そんな暇ない。オレ、一日でも早く梨本さんみたいな職人になりたいんだ。よく分かんない小説読んでる暇があったら、刈り込みの練習したり、道具の手入れの勉強するし」

「……っ」

差し出した文庫本にまったく興味を示さない貴悠に、喜多川は茫然《ぼうぜん》と立ち尽くした。

「まさか、そんなことのために台風の中、わざわざ来たワケ？」

「だって楠木さんが、小桃ちゃんに俺のことを知ってもらうのが先だって……」

ショックのあまり声が震え、情けないことに目頭が熱くなってきた。

「なんでオレが……アンタのこと知らなきゃいけないんだよ」

貴悠のつれない態度が、余計に喜多川を切なくさせる。

「そんなの、好きだからに決まってンだろ！」

「え――」

さらりと口から飛び出した台詞に、貴悠がパッと目を上げた。

長い前髪の間から覗く丸い瞳を、さらにまん丸に見開いて喜多川を凝視する。薄く開いた唇が小さく震え、頬やかすかに出た耳まで赤く染まって見えるのは気のせいだろうか。

「小桃ちゃん……？」

思わず一歩踏み出し、首を傾げて貴悠の顔を覗き込んだ。

「う、わっ」

短く声をあげ、貴悠が後ずさる。

「こ、小桃じゃねぇって……言ってんだろ！」

やはり顔中真っ赤だ。よく見れば、ランニングの首許から肩、それに剝《む》き出しになった腕まで見事に紅潮している。

「いや、今まさに、桃色だろ」

ふだん長袖の鯉口シャツで作業しているからだろう。日焼けしていない部分がピンク色に染まって、なんだか不思議な色気を感じた。

「ばっ……馬鹿じゃねぇの！　用が済んだならさっさと帰れよ！　オレはアンタの本なんか読まないから！」

そう言って奥に引っ込もうとする貴悠の腕を、喜多川は咄嗟に捕まえていた。

濡れてグズグズになったスニーカーのまま上がり込み、痛々しいくらい赤くなった貴悠の耳に背後から直接囁《ささや》きかける。

「ちょっと待てよ！」

「頼むからさ」

「は、放せ！　変態オヤジ……」

口汚い罵声が強がりに聞こえるのは、気のせいだろうか？

「この際、もう変態でもなんでもいいから、とにかくちょっと、俺の本、読んでみない？」

隙あらば振り解《ほど》こうともがく腕を力一杯摑んだまま、貴悠のもう一方の手に文庫を握らせた。

「俺が言うのもなんだけど、絶対におもしろいから」

「……う、うるさい！　さっさと帰れってば！」

言うなり、貴悠が文庫を持った右肘《みぎひじ》を、喜多川の脇腹に打ちつけた。

「う、ぐっ！」

避《よ》ける余裕なんてない。

「……ッカ、ハッ」

息が詰まり、目の前に星がチラつく。

内臓に響く激しい衝撃に、喜多川はズルズルと頽《くずお》れた。

「セ、セクハラだ！　オレは謝らないからなっ！」

捨て台詞とともに、貴悠が文庫を投げつける。

そしてそのままバタバタと奥へ駆け込んでいった。

——本に、罪はねぇのに……なぁ。

日焼けしていないすんなり伸びた脚をうっとりと眺めつつ、脇腹の痛みを嚙み締める。

「……こ、ももちゃ……」

廊下の向こうに貴悠の後ろ姿が消えるのを見送って、喜多川はぼそりと呟いた。

「短パンも……よく似……合うねぇ」

その後、喜多川は様子を見にきた楠木と漆沢に抱えられ、弱まってきた雨の中、タクシーに乗せられて帰宅したのだった。

【三日目＊イケボオヤジ】


離れの自室に逃げ込んだ貴悠《たかはる》は、閉じた襖《ふすま》に背を預け、ずるずるとへたり込んだ。

「はぁっ……はっ、はぁ……っ」

喜多川《きたがわ》に摑《つか》まれた、腕が熱い。

『好きだからに決まってンだろ！』

思ってもいなかった台詞《せりふ》に、頭が真っ白になった。

「……馬鹿、あんなの冗談に決まってる」

喜多川は……あの変態オヤジは、オレの尻の形が好きなだけ――。

貴悠はまるで自分に言い聞かせるように繰り返した。

「自分でも言ってたし……【小尻フェチ】だって……」

真に受ける方が、馬鹿なのだ。

そう思うのに、頰《ほお》が熱くて堪《たま》らない。

びっしょりとぬれた身体《からだ》に背後から抱き込まれ、気持ち悪いと思うどころか、囁《ささや》く声にうっとりとして、身を任せてしまいそうになった。

咄嗟《とっさ》に、肘《ひじ》打ちを喰《く》らわせて逃げ出したが、喜多川に触れられた腕や背中が、燃えるように熱い。

『頼むからさ』

少し掠《かす》れて、なんとなく余裕のない声でそんなふうに甘えられたら、何もかもすべて許し、受け入れてしまいたくなる。

出会ったばかりの、ちょっとおかしなオッサン。

ノンケで、だらしなさそうで、身勝手で、どこにも好きになる要素なんてない。

それなのに——。

ただ声がいいだけで、あっさり惚《ほ》れそうになっている自分が情けない。

もう二度と、人を好きになんてならないと決めたはずだ。

「……なんで、声だけで……っ」

古い蛍光灯の明かりが白く照らす六畳間で、貴悠は自嘲《じちょう》の笑みを浮かべた。

外は相変わらず強い風が吹いているが、雨音はあまり聞こえない。

雨の峠《とうげ》は越えたのだろう。

そのとき、玄関の方から話し声が聞こえた。

伯父《おじ》か、他の誰かが喜多川の様子を見にきたに違いない。

「……知るか、あんなオッサン」

嵐の中、いきなり押しかけてきたかと思えば、自分の書いた本を読んでほしいなんて、意味が分からない。

貴悠に自分のことを知ってほしいとか、押しつけがましいにもほどがある。

「まともに相手したら、馬鹿を見るに決まってる」

小さく呟き、己を戒める。

そうでもしないと、本当に好きだと言われたと、危うく勘違いしそうだった。

「ノンケの戯言《たわごと》だ。……引っかかって堪るかよ」

尻フェチかなんだか知らないが、ゲイでもないくせに男を……同性を口説きにかかるなんて、どう考えたってちょっとおかしい。

人がどれだけ……悩んだと思ってンだ。

周囲と自分が違っている——そう気づいた頃から、ずっと消えない苦悩。

同性同士の恋愛における高くて頑強な壁を、喜多川はヒョイと一足飛びに乗り越えてきた。

「アイツ……本当に分かってんのかな」

好きだ——なんて、男相手に簡単に口にできるなんて、貴悠には信じられない。

「くそ」

相手にするものかと思ったところで、喜多川の声が鼓膜にこびりついて消えそうにない。

今まで好きだと思った声が霞《かす》んでしまうくらいの、理想の声。

息をするのも、目を瞬《しばた》くのも、生きるのに必要なことすべてを一瞬で忘れてしまうほど、喜多川の声は貴悠にとって衝撃だった。

その声で。

「好きだ」

なんて……冗談でも言わないでほしかった。

いつの間にか、玄関からかすかに届いていた話し声が聞こえなくなっている。

ときどき風雨が雨戸を叩き、電線が激しく揺れる音が物悲しく聞こえるばかり。

「なんで……オレなんかにあそこまでするんだ……」

考えるな、考えたくないと思うのに、いつまで経《た》ってもずぶ濡《ぬ》れになった喜多川の、余裕のない表情や声が頭から離れない。

『そんなの、好きだからに決まってンだろ！』

背中越しにあの台詞を聞いた瞬間を思い出すと、ブルッと全身が震えた。

だらしなく伸びた癖のある濡れた髪を、オールバックに掻《か》き上げた喜多川は、思っていたよりも整った顔をしていた。ごま塩みたいな無精髭《ぶしょうひげ》も、見ようによってはありかもしれないとすら思えてくる。

——馬鹿、何考えてる……っ。

あんな無茶苦茶な男、絶対に……好きになったら、駄目だ。

「……うぅっ」

イケナイと思えば思うほど、甘く掠れた声を思い出し、触れた肌のぬくもりを反芻《はんすう》してしまう。

そういえば……。

雨に濡れて冷たいはずの喜多川の手が、熱をもっていたような気がするのは錯覚だろうか？

それとも理想だと喚《わめ》く貴悠の尻を目の前にして、ただ興奮していただけだろうか？

『小桃《こもも》ちゃん！』

勝手に変なあだ名をつけられて、嫌で仕方がないはずだった。

なのにあの声で呼ばれると、肌がざわめき、頭の芯《しん》がぼーっとして、鼓膜がもっと聞かせろと震えてしまう。

『小桃ちゃんに俺のこと、よく知ってもらいたいと思ってさ』

イヤだ、知りたくない。

貴悠は耳を両手で塞《ふさ》いだ。

あの声をこれ以上聞いてしまったら……。

あの男を、もっと知ってしまったら――。

『好きだからに決まってンだろ！』

耳を塞いでも、頭の中で喜多川の声がうわんうわんと響いてどうしようもない。

「あ」

闇《やみ》の中に漏れ出た声に湿り気が滲《にじ》んだ。

もう随分と感じていなかった肌が粟立《あわだ》つ感覚に、腰の奥がジクリと疼《うず》く。

ダメだ。

イヤだ。

心でどんなに拒否しようとしても、身体が勝手に甘い熱を欲して駆け出そうとする。

「……う、ぅ」

知らぬうちに耳を塞いでいた両手が、短パンのウェスト部分から下腹に触れていた。

右手で硬くなり始めていた幹を支え、左手で敏感な亀頭《きとう》部分をゆるりと擦《こす》る。

「あっ」

痛いような、むず痒《がゆ》さの混じった快感が背筋を走り抜けた。

そうやって、触れてしまえば、もう途中で止《や》めることなどできない。

「んっ……」

貴悠はランニングシャツを胸までたくし上げると、短パンをずらし、下着の中ですっかり硬くなったペニスを取り出した。

「はっ……ぁ」

先端の窪《くぼ》みからはすでにヌルッとした先走りが滲み出している。

そのぬめりを指先で亀頭から括《くび》れまで塗りつけるようにしながら、右手で根元をゆるゆる

と扱《しご》いた。

「あっ……あっ……」

リズミカルに手を動かすと、それに合わせて甘い声が漏れ出る。

闇の中、貴悠はすぐに快感の虜《とりこ》となった。

目をぎゅっと瞑《つむ》り、思い浮かべるのは、喜多川の掠れた声——。

『小桃ちゃん』

馬鹿馬鹿しいあだ名で呼ばれるのをあんなに嫌がっておいて、妄想するのはそう呼ばれる自分だ。

ひょろりとした長身に後ろから抱かれ、耳許《みみもと》に甘く囁かれたら、もうそれだけでイッてしまうような気がする。

『お前さんの尻は俺史上サイコーの小尻なんだ』

尻を撫《な》でられつつ少しビブラートがかかった声で説明されるのを想像すると、本当に触られているみたいに尻が熱くなった。

喜多川の、筋っぽい手で触れられたら、どんなふうに感じるだろう。

耳許にいやらしい言葉を注がれながら迎える絶頂は、きっと天にも昇る心地よさに違いない。

『小桃ちゃん……、なあ、小桃ちゃん』

必死に貴悠を呼ぶ喜多川の無精髭だらけの頬を、雨の雫《しずく》が伝い落ちる。

自分を知ってほしいからと、台風の中、びしょ濡れになりながら訪ねてきた、ちょっと風変わりな作家先生――。

「んっ……あ、あ、あっ」

喜多川の声を想像してのオナニーは、呆気《あっけ》なく終わりを告げる。

小刻みに根元から括れまでを扱きつつ、亀頭の窪みに指先を少し捩《ね》じ込んだ瞬間。

「ん――」

貴悠は自分の手に、熱く夥《おびただ》しい量の白濁を吐き出した。


全身にじっとりと汗をかいた貴悠は、呼吸が落ち着くのを待ってからのそりと部屋を出た。

洗面所で手を洗い、服をすべて脱ぎ捨てる。

本当はシャワーでも浴びたかったけれど、母屋《おもや》に行って伯父と顔を合わせるのは気が引けた。

濡れタオルで身体を拭《ぬぐ》うと、部屋で新しいシャツとパンツを身に着ける。

そして、部屋に戻ろうとしたとき。

「……あ」

貴悠は廊下の先、玄関脇の下駄箱に目をとめた。

はたしてそこには、喜多川の本が数冊、きれいに重ねて置かれてあった。

◆　◆　◆

「貴悠、でかい枝はブルーシートにまとめといてくれ」

「はい」

杉山《すぎやま》の指示に頷《うなず》くと、貴悠は風であちこちに飛ばされた小枝を拾い集めにかかった。

台風一過の秋晴れの空の下、植智造園《うえともぞうえん》の職人たちは庭の手入れ作業の前に、昨夜の風雨で飛ばされた枝や草の片付けを行わなければならなかった。

「結構風強かったわりに、植木に被害がなくてよかったッスね」

「ああ、それでなくても作業が遅れてる。さっさと片付けて剪定《せんてい》作業に入らねぇと」

伯父と梨本《なしもと》が山側の木を見上げ、それぞれの木に合った剪定をするために相談を始めていた。

今朝、貴悠は後ろ暗い感情を抱えたまま仕事に出た。

喜多川と顔を合わせ辛くて、なんとか別の現場に行けないものかと伯父に相談することも考えた。

けれど、昨日勝手に早退したことや、台風後の片付けの大変さを思うと、個人的な感情で伯父に我儘《わがまま》を言うことができなかったのだ。

今朝も一番に喜多川に声をかけられるのではとビクビクしていたが、何故《なぜ》かまだ顔を見ていない。

片付けのこともあり、いつもより一時間早く作業に入ったせいだろうか。

——いや、別にいないならいないで、いいんだけど。

会うなり何か言われるんじゃないかとビクビクしていた貴悠だったが、そのうち作業に没頭していった。

「おい、槙田《まきた》さんがお茶を用意してくれたから、休憩にしようや」

伯父の声に、貴悠は飛び石まわりに生えた雑草を引き抜く手を止めた。植木の剪定作業は基本的に伯父と梨本のベテランがすることになっている。杉山もものによっては鋏《はさみ》を使うことがあったが、今回は貴悠と同じで仕事は雑用が中心だった。

「なんか、やっと形が見えてきたって感じだな」

軍手を外し、引き抜いた雑草を一カ所にまとめながら、杉山が庭を見回す。

「……はあ」

貴悠が気怠《けだる》げに頷くと、杉山が「お前、ホント暗いよなぁ」と呆《あき》れる。

「いくら木や花が相手の仕事だっていっても、もうちょっとコミュ力があった方がいいと思うぜ?」

「そうですかね」

貴悠の気のない返事に、杉山が肩を竦《すく》めた。そしてさっさと縁側へ行ってしまう。

「あ」

何げなく杉山の背中を見送っていた貴悠の目に、座敷から作務衣《さむえ》姿の喜多川が縁側に出てくる姿が飛び込んできた。

――ヤバい。

慌ててくるっと背を向けると、すかさず大声で呼びかけられた。

「おーい、小桃ちゃん！　おはよう！　昨日はよく眠れたかぁ～！」

能天気な喜多川の声に、貴悠は背を向けたまま顔を顰める。

「どういう神経してるんだ、あの変態オヤジ……」

昨夜、思いきり拒絶された相手に、何故あんなふうに声をかけられるのか、貴悠にはまったく理解できない。

そして貴悠は貴悠で、喜多川の声や手の感触を思い浮かべながら自慰に耽《ふけ》ってしまったバツの悪さから、今までみたいに咄嗟に言い返すことができなかった。

どうすればいいのか分からず、不自然に背中を向けたまま、同じ場所を竹箒《たけぼうき》で掃き続ける。

「おい、貴悠！　さっさとコッチ来いよ！」

何も事情を知らない杉山が、ブンブンと腕を振る。

「は、はい……」

肩越しにそっと縁側の様子を窺《うかが》うと、伯父と梨本もどうしたのだろうという顔で貴悠を見ていた。

このまま無視を続けたら、変に勘繰られるかもしれない。

それでなくとも、昨日は皆に迷惑をかけている。

「どうしたんだよ、小桃ちゃん！　今日の茶菓子は人気お取り寄せスウィーツだぞぉ！」

再び喜多川が呼びかけるのに、貴悠は渋々手にしていた竹箒を置き、重い足取りで飛び石を渡った。

「おい、貴悠。コレ、激ウマ！」

昨日と同じく縁側の端に腰を下ろすと、杉山が豆大福を手に話しかけてきた。一見するとただの塩豆大福だが、材料にこだわったちょっとお高い塩豆大福らしい。

杉山がまるで自分が用意したかのように蘊蓄《うんちく》を語るのを聞きながらも、貴悠は気が気でなかった。

いつ、喜多川が話しかけてくるか、気になって落ち着かない。かぶりついた大福の味も、まるで分からないような状態だ。

「おはよう、小桃ちゃん」

「うわぁあああっ！」

いきなり背後から耳許で囁かれ、貴悠は奇声を発して跳び上がった。

「な、なっ……！」

手にした大福を落としそうになり、慌ててぎゅっと摑んだものだから、中から餡《あん》がはみ出してしまう。

「おっ！　驚いたか？　昨日の肘打ちのお返しだ」

振り向くと、喜多川が胸を反り返らせ、白い歯を見せてガキ大将みたいな笑みを浮かべていた。

「ア、アンタ……いい加減にしろよ！」

顳《こめ》かみに血管を浮き上がらせ、貴悠は喜多川をキッと見上げた。

すぐそばで杉山がゲラゲラと腹を抱えて笑っている。梨本と伯父は犬の戯《じゃ》れ合《あ》いでも見ているような雰囲気だ。

「あんまり怒るとそのかわいい小尻まで、赤く熟れた桃みたいになっちまうぞ？」

昨夜、貴悠から手酷《てひど》い仕打ちを受けたというのに、喜多川はまったく懲りていないようだった。

「で？　ちょっとは読んでくれた？」

縁側の上から見下ろす喜多川に、貴悠は潰《つぶ》れた大福を頬張りながらぼそりと答える。

「そんな暇ないから」

掌《てのひら》にはみ出した餡に口を寄せて舐《な》め取り、さり気ないふうを装って背を向ける。

——クソ。

どうしても昨夜の浅ましい行為を思い出してしまい、まともに喜多川の顔が見られない。

胸がドキドキと高鳴り、顔が火照ってくる。

「なんだよ、相変わらず冷たいなぁ。小桃ちゃんは」

振り返らなくても、喜多川がいやらしい微笑《ほほえ》みを浮かべているのが手にとるように分かった。

昨夜、間近に声を聞き、その手の感触を知ったせいか、今まで以上に意識してしまう。

どうせまた、馬鹿のひとつ覚えみたいに「小尻サイコー」とか言ってくるに違いない。

そう思って、つい身構えてしまう。

しかし……。

「じゃ、ゆっくり休憩してくれ」

驚いたことに、喜多川はあっさり座敷へと戻っていった。

「え……？」

拍子抜けして、貴悠は思わず作務衣姿の長身を目で追ってしまう。

見れば、座敷の座卓の上にノートパソコンが一台置いてあって、喜多川はその前に「どっこらせ」と腰を下ろした。そして何やら難しそうな顔でモニターを睨《にら》みつける。

仕事か何かだろうか。

この家に来て作業している間、貴悠は一度も喜多川の作家らしい姿など見たことがなかった。

「おや、先生。お仕事ですかい？」

梨本が麦茶を啜《すす》りながら喜多川に声をかける。

「んー」

今までなら冗談めかしていろいろと答える喜多川が、生返事しかしない。

「なんか先生が静かだと、変な感じだな」

こそりと杉山が言うのに、貴悠は無言で頷いた。

その後、貴悠たちが作業を再開しても、喜多川は座敷で「うんうん」と唸《うな》りながらノートパソコンに向かっていた。

貴悠は急に態度の変わった喜多川に違和感を覚えつつ、ちょっかいを出されずに済んでこっそり胸を撫で下ろす。

そして、台風のせいですっかり遅れてしまった作業に集中した。

仕事自体は雑用が多く、まだ鋏はなかなか握らせてもらえない。

しかし、伯父や梨本の仕事ぶりをそばで見るのも修業のひとつで、彼らの手仕事のひとつひとつに感嘆した。

長い間放置され、すっかり山の木に戻ってしまったこの庭の木々を、伯父と梨本が庭木として再生させていく。理想とする形を頭の中にイメージし、どの枝をどう切るか、鋏を動かしながら瞬時に判断していくのだ。

庭木を剪定するのにはきちんと意味がある。

もちろん、庭の美しさを保つのが前提としてあるが、一番の目的はその木の健康を保つことだ。

自然に生えている木とは異なり、庭に植えられた木は人の手を入れてやらないと、病気になったり枯れてしまったりする。

この庭のように鬱蒼《うっそう》と生い茂ったままで放っておくと、風通しが悪くなり他の木や草花にも悪影響を及ぼすようになるのだ。

「先生？　喜多川せんせ～い？」

不意に、家の奥から甲高い女の声が聞こえた。

「外に植木屋さんのトラック停まってましたけど、やっとお庭の手入れ始められたんですねぇ」

一人で話す声が座敷へと近づいてくる。

この家で女性といえば家政婦の槙田しか思い当たらないが、声の感じからして若い女のようだ。

——誰だ？

貴悠は手を止めないまま、座敷へと目を向けた。

女の声を無視しているのか、それとも作業に夢中で気づかないのか、喜多川は相変わらずムッとしてモニターを睨みつけている。

「あ、先生！　こっちにいらしたんですか」

やがて、奥から女が姿を現した。身体にぴったりと沿うデザインのスーツを着て、ゆるく巻いた長い髪をゆらしながら、女は遠慮する様子もなく喜多川の横へ膝《ひざ》をつく。

「え……？　先生、もしかして新作ですか！」

そうして喜多川の手許を覗《のぞ》き込むなり、驚きの声をあげた。

「違うよ」

喜多川がカチカチとキーを叩きながら答える。

庭にいても、喜多川の声はよく聞こえた。

きっと都会の雑踏の中にいても、貴悠の耳はこの声をきちんと拾うだろう。

「これは観察日記みたいなモンで、生憎《あいにく》と榊《さかき》ちゃんとこには合わないよ」

会話の流れから、貴悠は女が出版関係者なのだろうと思った。

——ていうか、観察日記って、なんだ？

喜多川がさっきから何を書いているのか気になったが、作業の遅れを取り戻すためにも、余計なことを考えている場合じゃないと仕事に集中する。

しかし、貴悠が気持ちを切り替えようと、頭に巻いたタオルを解《ほど》いて汗を拭ったときだった。

「きゃーっ！」

悲鳴に近い歓声があがり、貴悠だけでなく庭にいた全員が一斉に座敷へ目を向けた。

「ちょっと喜多川先生っ！　あんなカッコイイ植木屋さんが来てるなんて、なんで教えてくれなかったんですかぁ！」

座敷から縁側に飛び出してきたかと思うと、女がこちらに向かって手を振る。

「こんにちは～！　アタシ、冬幻出版《とうげんしゅっぱん》の榊っていいますぅ。もしよかったら今度お茶でもしませんかぁ！」

「――え？」

まさか自分に手を振っているとは思わなくて、貴悠はきょとんとしたまま立ち尽くした。

「おい、貴悠。あの姉ちゃん、めっちゃおっぱいデカくね？」

いつの間に近づいていたのか、杉山が肩で貴悠の腕を小突きながら茶化してくる。

「でも気をつけろよ。お前、童貞だろ？　ああいう肉食系の女ってガツガツ来て、ウマい汁だけ啜ったらポイッてされるからな」

いやらしい笑みをたたえ「で、ああいうのどうなんだ？」などと訊《き》いてくる。

「……興味ないですから」

遠慮でも謙遜《けんそん》でもなく、本心からそう答えた。

「え、じゃあ俺、行っちゃってもいい？」

杉山が少し驚きつつも嬉しそうに目を細める。

「好きにすればいいじゃないですか」

貴悠は心底どうでもいいとばかりに、頭にタオルを巻き直して作業を続けた。

榊は恋愛小説を扱う出版社で、喜多川を担当している編集者だった。月に数度、こうして執筆依頼を兼ねて、喜多川のご機嫌伺いにやってくるという。

「最近、女子の間で『職人』って注目度高いんですよ。やっぱり手に職持ってる男の人って頼りがいがある感じするじゃないですかぁ」

槙田が休みということもあってか、その後も榊は昼食や休憩時にお茶や菓子を用意してくれた。

その度に貴悠の隣に来て、アレやコレやと質問攻めにする。

「戸田《とだ》くん、ハタチに見えない！　高校生ぐらいかと思っちゃった」

「年上の女って興味ない？」

「ずっと疑問だったんだけど、植木屋さんと庭師と……あと造園業ってどう違うの？　ぶっちゃけ、儲《もう》かる？　てか、将来は独立したりするのかなぁ？」

——なんなんだ、この人……。

もし貴悠がゲイじゃなかったとしても、男として榊の態度には辟易《へきえき》する。

ときどき救いを求めて周囲に目を向けるが、完全に貴悠にしか興味がない榊の様子に、杉山はもちろん、伯父や梨本まで知らん顔をした。

何よりも、一番に文句を言いそうな喜多川までが、ずっとパソコンに向かったまま見向きもしない。

榊の前でまで「俺の小桃ちゃん」なんて言われないだけマシだと思うが、何故か憤りを覚えずにいられない。

——何考えてるんだ、オッサン。

昨日まであんなにしつこく迫ってきたくせに、いったいどうしてしまったのだろう。

榊の質問に無言を貫きながら、ひたすらキーを叩き続ける喜多川をこそりと見つめた。

すると、その視線に目敏《めざと》く榊が気づく。

「喜多川先生、集中しだすといつもあんな感じ。まわりでどれだけ騒ごうが、妄想の世界にどっぷり浸《つ》かっちゃうの」

「そうなんですか……」

眉間《みけん》に皺《しわ》を寄せ、ときどきずり落ちてくる眼鏡《めがね》を指先で押し上げたりしながら、喜多川はひたすらキーを叩き、何かを書き続ける。

その横顔は、ふだんのだらしない表情からは想像できないほど真剣だ。

——そういう顔も、できるんじゃん。

貴悠は感心しつつ、ちょっとカッコイイなんて思ってしまった。

「ところで、戸田くん。彼女いるの？」

不意に、榊が貴悠の腕に肩を寄せてきた。

むにゅり、という女性特有の感触に、ゾクリと肌が粟立つ。

「ぁ、あのっ……」

咄嗟に立ち上がると、バタバタと縁側から庭に下りた。

「戸田くん？」

榊の呼びかけに、貴悠は背を向ける。

「作業が遅れてるんで……仕事、戻ります」

そう言うと、小走りにその場を離れた。

縁側の空気が悪くなるのを感じたが、自分ではどうにもできない。

ただ、喜多川がなんの反応も示さないのが不安で堪らなかった。


結局、この日は午後まで榊がいて、槙田のかわりとばかりに職人たちの世話を焼いた。

……といっても、休憩時にお茶を淹《い》れたぐらいだったけれど。

さすがに仕事の邪魔をするようなことはなかったが、何かと話しかけてくるのが面倒で、貴悠はいつも以上に仕事に励むことになった。

夕方、日が傾きかけた頃。

片付けや剪定作業で出た枝やゴミをトラックに積み込んでいると、玄関から榊が出てきた。

「じゃあ先生、お邪魔しました。今度こそ、ウチの仕事受けてもらいますからね」

「何度も言ってるけど、約束なんかできねぇよ」

喜多川が玄関まで見送りに出てくるのを見て、貴悠は少し驚いた。

楠木《くすのき》や槙田が帰るときに、いちいち見送りなどしていなかったからだ。

「あ、戸田くん！」

駐車スペースまで出てきた榊が、すかさず貴悠に気づいて声をかけてくる。

「今日はいろいろアリガトね。若くてイケメンの植木職人と話ができて、凄く楽しかったわ。よかったら本当にお茶に行こうね。連絡先は喜多川先生が知ってるから」

きゃっきゃとはしゃぎながら一方的に捲《まく》し立てると、榊は喜多川に軽く会釈して帰っていった。

「……ふぅ」

全身の緊張が一気に解けて、知らず、溜息《ためいき》が出る。

「榊ちゃん、それこそ台風みたいだろ」

すぐ隣で喜多川がクスッと笑う。

「うわぁ……っ！」

肩が触れそうなほどそばに近づいていたことに気づいていなかった貴悠は、自分でもびっくりするような声をあげて二、三歩後ずさった。

「んな、驚くことねぇだろ」

「ア、アンタがいきなり声かけてくるからだろっ！」

トラックの荷台側面にあたるアオリに背を預け、怒鳴り返した。

すると、喜多川が珍しく不機嫌そうな目で貴悠を見据える。

「俺にはそうやってギャンギャン吼《ほ》えるのに、榊ちゃんの前じゃ随分とおとなしいじゃねぇか」

そう言って、広げた両腕を伸ばしたかと思うと、貴悠の逃げ道を塞ぐかのようにトラックのアオリを摑んだ。

壁ドン、ならぬ、荷台ドンの状態だ。

「……え？」

思いもしなかった状況に、目を瞬く。

すぐ目の前に、無精髭の顎《あご》と薄い唇があった。

「な、なに……っ」

瞬時に、カッと顔が熱くなる。

激しい混乱に襲われ、貴悠は堪らず俯《うつむ》いてしまった。

「なんか、今日はずっと榊ちゃんとよろしくやってたみたいだけど？」

「よ……よろしくって、なんだよっ」

喜多川の声がいつもより澱《よど》んで聞こえるのは、何故だろう。

ビブラートのかかった掠れた声を聞いていると、どうしようもなく不安が募る。

「なんでか分からないけど、今日は最近じゃ珍しいぐらい捗《はかど》っちゃってさ。……俺、集中しちゃうと、まわりが見えなくなっちゃうんだよねぇ」

喜多川が口を開くたび、吐息が頬や鼻先をくすぐる。

「年上のお姉さんに言い寄られて、いい気分だった？」

何も悪いことはしていない。

勝手に榊が話しかけてきただけなのに、何故、責められなければならないのか。

「あれは、あっちが……」

言い訳しようと思うのに、喜多川は耳を貸さない。

「小桃ちゃんもさ、やっぱ男だよね」

貴悠の声を遮って、背中を丸めて目を合わせてくる。

「……あ」

レンズの向こうの瞳《ひとみ》が、鈍く光る。

「どうせ俺みたいなくたびれた中年男より、ああいうバインバインのボン、キュッ、ボン……みたいなのが好きなんだろ」

冗談めかした言葉以上に、意地の悪さが声に滲んでいた。

「ち、ちがっ……そんなこと、ない」

強張《こわば》る唇を動かし、貴悠は辛うじて声を吐き出す。

喜多川のことを散々拒絶しておきながら、誤解されるのがイヤだなんて、なんて身勝手なのだろう。

「何が、違うの？」

薄く目を細めて、喜多川が問い返す。

「別に……興味なんか、ない。……ただ面倒で、無視してただけだから」

上手《うま》く説明できないもどかしさに苛立《いらだ》ちつつ、それでもどうにか本当のことを告げる。

「えぇ～？　そうなのぉ？」

なのに、喜多川はふざけた調子で貴悠を揶揄《からか》いにかかった。

「満更でもなかったんじゃないのかなぁ？　そりゃ、男にケツを追っかけられるより、女の子の方がいいよなぁ！」

「だ、だから違うって……っ」

「いいよ、いいよ。オッサンに気を遣わなくても」

「気なんか遣ってねぇってば！　そもそも……」

いちいち癪《しゃく》に障る喜多川の口調に、貴悠はつい、口を滑らせた。

「女になんか、これっぽっちも興味ないんだから……っ！」

「え」

上擦った声に、ハッと我に返る。

「……今、なんつった？」

喜多川が双眸《そうぼう》を見開き、鼻先が触れそうなくらい顔を近づける。

「っ……な、なにもっ」

しまった——と思っても、もう遅い。

熱くなっていた顔から、一瞬で血の気《け》が引いていく。

「小桃ちゃん、もしかして……」

さすがの喜多川も驚いた様子で、いつものようになめらかに言葉が出てこない様子だ。

当然だろう。

一度は結婚もしたことのあるノンケだ。

尻の形が好みだから口説いていても、貴悠がゲイだと分かれば冗談では済まなくなる。

ノンケの男が本気でゲイを口説くなんて、あり得ない。

「そう……だよ！　オレは男にしか興味ない……っ」

なかばヤケクソになって、貴悠は自ら引導を渡す。

これできっと、喜多川も目を覚まし、諦《あきら》めるに違いない——。

そう思った。

「そっか」

しかし、相手はあの喜多川だ。

返ってきた反応は、想像のナナメ上、はるか上空をいっていた。

「だったら問題ないじゃねぇか」

「……は？」

貴悠は耳を疑った。

信じられないと、目の前でにっこり破顔する喜多川を見つめる。

「女がダメで、ゲイなんだろ？　なら俺におとなしく口説かれておけばいいんじゃねぇの」

いったい、このオッサンは何を言っているんだ。

一瞬、呼吸すら忘れそうになって、貴悠は慌てて胸いっぱいに空気を吸い込んだ。

そして、頭に浮かんだ言葉をまっすぐに吐き出す。

「アンタ、ゲイって言葉の意味、ホントに分かってんのかよ……っ！」

すると喜多川がムッと拗《す》ねた顔をしてみせた。

「小桃ちゃんこそ、俺が物書きってこと忘れてない？　馬鹿にするな」

「……っ」

平然と言い返されて、貴悠は二の句が継げなかった。

「確かにお前の尻をはじめて見たときは、よりによって男の尻かよって思ったよ。でもな、そんなこたぁどうでもいいってすぐに気づいた」

トラックの荷台の側面に貴悠をしっかと捕まえて、喜多川が自信に満ちた表情を浮かべる。

「男だろうが女だろうが、大した問題じゃない。理想の小尻を持つ相手が運命の相手だ。だったら全力でモノにする……ってな」

真正面から見据えられ、突きつけられた言葉に、貴悠は愕然となった。

ゲイであることに後ろめたさを覚え、もう何年も肩身の狭い想いをしてきた。

ありのままの自分が、誰かの迷惑になるのではないかと怯《おび》え、他人と深く関わらないようにしてきた。

貴悠が重荷として背負い続けた悩み――。

それをこの男は――喜多川は、いとも容易《たやす》く「大した問題じゃない」と言ってのけたのだ。

驚きのあまり何も言えずに固まってしまった貴悠に、喜多川が満面の笑顔で告げる。

「ゲイなら問題ないだろ？　なあ、小桃ちゃん。俺のモノになっちゃいなよ」

「……ッ！」

不覚にも、腰が砕けてしまいそうな理想の声でまっすぐに口説かれ、胸がトクンと高鳴った。

けれど……。

「……ば、馬鹿にすんのもいい加減にしろよっ！」

声を振り絞り、同時に喜多川の胸をドンと突き飛ばした。

「うわっ」

容赦ない突きに、喜多川が「おっととと」と後ろによろめく。

「ゲイならいいとか、関係ないとか……そういうことじゃないだろ！」

足を踏ん張って尻餅《しりもち》をつくのだけは堪《こら》えた喜多川が、驚きに目をパチクリさせた。

「せっかくだから、言わせてもらうけどな！」

一度思いきり声をあげると、胸の閊《つか》えがとれたみたいに感情が言葉になって溢《あふ》れ出した。

「理想のケツなら女でも男でも関係ないってことは、俺じゃなくてもいいって……。アンタが言ってるのはそういうことだろ！」

「あ」

喜多川が「今気づいた」と言わんばかりに、曖昧《あいまい》な笑みを浮かべる。

その態度が、余計に貴悠の怒りに油を注いだ。

こんな男に一瞬でも胸をときめかせた自分が、情けなくて仕方がない。

「俺は……っ、俺のことだけを好きになってくれる……ケツがどうとか、顔が好みとか、そういうんじゃなくて……」

我ながら、少女趣味で夢見がちな考えだとは思うが、本心なのだからどうしようもない。

いつの間にか、目に涙が滲んでいた。

「俺の中身を……全部を、好きになってくれる奴じゃなきゃ、嫌なんだよ！」

癇癪《かんしゃく》を起こしたみたいに涙声で叫ぶ貴悠に、今度は喜多川が茫然《ぼうぜん》と立ち尽くす。

「けど、アンタは……オレじゃなくて、ケツにしか興味っ……ないんだろ……！」

勝手に声が上擦る。

涙が溢れそうになる。

「小桃ちゃん……」

再び歩み寄ろうとする喜多川に、貴悠は一喝を浴びせかけた。

「近寄んな……っ！」

とうとう涙がぽろりと零《こぼ》れ落ちた。

喜多川が足を止め、目を瞠《みは》る。

「オレじゃなくても……いいくせにっ！」

自分の言葉に痛みを覚えつつ、それでも、貴悠は言わずにいられなかった。

「……小桃ちゃん」

いい年をして人前で泣き喚くなんて、本当に情けない。

「もう放っといてくれよ！」

これ以上、喜多川にみっともない姿を見られたくなくて、貴悠は涙を拭い駆け出そうとした。

「あ、危ないっ」

喜多川の声を聞いた瞬間、トラックの荷台からはみ出していた枝が、思いきり顔にぶつかった。

「痛――ッ」

予期しなかった衝撃と痛みに、貴悠は堪らず蹲《うずくま》ってしまう。

「おい、大丈夫かよ。小桃ちゃん！」

駆け寄ってきた喜多川が肩を抱き、心配そうに声をかけてくれる。

「ちょっと見せろ。目ぇ、やってねぇだろうな？」

本気で心配してくれていると分かるのに、今、喜多川に優しくされるのは何故だかとても嫌だった。

「放せよ！　平気だから……っ」

ぶつけた顔の左側を手で覆い、貴悠は喜多川の腕の中でジタバタともがく。

「いいから見せろって言ってンだよ。大丈夫だったらそれでいいだろ！」

しかし、圧倒的な身長差の前に、貴悠の抵抗は無駄に終わった。

ずるずると引き摺《ず》られるようにして玄関に連れ込まれたかと思うと、上がり框《がまち》に押し倒されてしまう。

「ちょっ……！　ばかっ……！　何考えてんだ……っ！」

痛みなんて一瞬で吹き飛んだ。

慌てて起き上がろうとするが、喜多川がのしかかってきて下肢と肩を押さえつけられる。

「ナニ考えてそんなに慌ててンのか、こっちが聞かせてもらいたいねぇ、小桃ちゃん」

喜多川が真上から見下ろして意地悪くほくそ笑む。

「……な、なにって」

カッと羞恥《しゅうち》に頬を染め、狼狽《うろた》えるあまり顔を背けた。

すると、喜多川がスッと顔を近づけ、耳許に囁きかけてくる。

「なあ、さっきから小桃ちゃんの言ってること聞いてると、どう考えても俺に好かれてぇ……って意味に聞こえるんだけど?」

ときどき唇で貴悠の耳朶《じだ》に触れながら、甘く掠れた声を注ぎ込む。

「ふっ……ぁ」

鼓膜がじん……と震え、ゾクゾクとした疼きが背筋を駆け上がった。

「ほら、みろ」

クスッと喜多川が笑う気配がして、貴悠はますます顔を熱くする。

「小桃ちゃん、俺のこと、そういう目で見てたんだろ?」

「じ、自意識……過剰なんじゃねぇの?」

言われっ放しが許せなくて、精一杯に強がってみせる。

「別に自意識過剰だって構わねぇよ。俺はお前のこと、そういう目で見てるんだからな」

「――ッ！」

これ以上はないというくらい、顔が熱くなっていく。

貴悠の強がりなど、喜多川の根拠の見えない自信の前には、紙くずも同然だった。

「俺はいつだって本気だ。お前のケツに命捧げたって構わない」

恥ずかしげもなく言ってのける。

「なあ、信じてくれよ。確かに俺はだらしないし、いい加減に見えるかもしれねぇが、小桃ちゃんのことは真剣なんだ」

イヤだ――。

まっすぐに自分を見つめて、甘い言葉を囁く目の前の男が、貴悠は急に恐ろしくなった。

「オ……オレじゃなくてっ、ケツにしか興味……ないくせにっ」

嘘でも冗談でもないであろう喜多川の気持ちを、どうしても信じたくない。

「仕方ないだろ、小尻好きは性癖なんだ。もう本能みたいなモンなんだからよ！」

頑《かたく》なな貴悠の態度に、さすがの喜多川も苛立ちを見せ始める。

「本能がお前のケツは当たりだって言ってンだよ！」

「け、結婚……してたくせにっ……」

「尻に妥協したから続かなくて別れたんだろうが！　恥ずかしい過去、思い出させるなよ！

どんなに理想に近くてイイ線いってても、結局イイ線止まりなんだよ！」

もう、何を言い合っているのかも分からなくなってくる。

「なあ、どう言えば信じてくれるんだ？」

急に声のトーンを落として、喜多川が作務衣の胸を重ねてきた。

「……っ！」

そっと体重をかけてくるのに、貴悠は唇を嚙《か》み締めて身を硬くする。

「お前の尻を見た瞬間、『コレだ！』って運命感じたんだ。それこそ本当に雷に撃たれたみたいに身体が震えた」

じわりと喜多川の体温が伝わってくるのを感じながら、貴悠ははじめてこの声を聞いたときのことを思い出していた。

『こんなところにいたのかよぉ――っ！』

あのとき、貴悠の身体に電流が走り抜けた。

頭の中が真っ白になって、全身が耳になったみたいに喜多川の声に意識が集中した。

この声だ――と確かにあのとき、貴悠も運命を感じていたのだ。

「確かにきっかけは尻だよ。小桃ちゃんの尻が好きで堪らねぇ」

そう言うなり、喜多川がそっと貴悠の身体を抱きよせた。

「……ぁ」

小さく心臓が跳ねた。

——ヤバい。

咄嗟に思ったのに、何故か突き飛ばせなかった。

「でも、小桃ちゃん自身のことも、かわいいって思い始めてる」

「う、うそ……だ」

喉《のど》がヒリついて、上手く声が出ない。

喜多川に抱かれた肩がじわりと熱を帯びて、痺《しび》れるような錯覚を覚えた。

「いきなりあんなことしといて、信用しろって言ったところで、まあ確かに難しいかもしれねぇけどよ」

自嘲するような笑みを浮かべて、前置きをする。どこか子供っぽく見える拗ねた顔を、貴悠はちょっとカワイイなんて思ってしまった。

気づけば、喜多川の少し垂れた双眸をじっと見つめていた。

「たった二日の数時間だが、お前の仕事ぶりを見ていて職人としての気構えみたいなモンが、この仕事が好きなんだっていう気持ちが伝わってきたんだ」

「え……」

てっきり貴悠の尻にしか興味がないと思っていた喜多川の、思いがけない告白。

あんまりびっくりして、本当に心臓が止まるかと思った。

「はたから見たって植木職人なんてキツい仕事だ。重労働だし気持ち悪い虫だって相手にしなくちゃなんねぇだろ？　しかも炎天下で何時間も作業してよ。俺だったらどんなに金を積まれたってお断りだ。好きでなきゃ……本気じゃなきゃできねぇ仕事だなって思った」

まさか喜多川がそんな目で自分の仕事ぶりを見ていたなんて、考えたこともなかった。

言葉にならない驚きと、そして、嬉しい気持ちが胸に広がる。

「そんな小桃ちゃんに……尻だけじゃなく、本気で惚れちまった」

「……う、嘘だ！　く、口先だけで上手いこと言ったって、し、信じないからなっ」

掠れた声と真摯《しんし》で優しい眼差《まなざ》しを、信じたくないわけじゃない。

貴悠自身、喜多川の言葉に心が大きく揺れているって、自覚している。

でも……それでも――。

「売れっ子の作家先生の言うことなんか、どうせ……フィクションとか……嘘ばっかりに決まってる！」

言いながら、自分でも言いがかりだと分かっていた。

でも、信じるのが怖い。受け入れるのが、躊躇《ためら》われる。

喜多川の声を聞いているだけで、何もかも投げ出して縋《すが》ってしまいたいのに、あと一歩が踏み出せない。

「だから、俺はいつでも本気だって言ってるだろ？」

駄々っ子を宥《なだ》めるような優しい声に、貴悠は眉間の奥がじわっと熱くなるのを感じた。

一度は止まった涙が、また溢れてきそう。

「正直、こんなに誰かを欲しいって思ったの、小桃ちゃん……お前がはじめてなんだ」

潤んだ目に、喜多川の照れ臭そうな笑顔が映る。

誰にも言われたことのない甘い囁きだった。

もう、否定する言葉も出てこない。

貴悠はただうっとりとして、喜多川の声に耳を傾けていた。

「なあ、これって好きってことじゃねぇのかな？」

抱擁がきつくなり、喜多川が貴悠の肩口に顔を埋《うず》める。

「……え」

掠れた声が、酷く上擦っていた。

「小桃ちゃんも、そう思うだろ？　じゃなけりゃ、男の小桃ちゃん相手に……こんな――」

余裕なく囁いたかと思うと、喜多川が熱くなった下半身を押しあててきた。

「え……？　ちょ、嘘っ……」

重なった下肢に、独特の硬い感触を認め、貴悠はギョッとする。

「ま、ま、待って……。アンタ、なんでそんなになってんだよ……」

「知るか！　俺だってびっくりしてんだ。こっちが教えてほしいくらいだよ！　なんでか分かんねぇけど、小桃ちゃんの泣き顔見てたら、もう……堪んなくなって……」

まさかこんな状況で、喜多川が自分に欲情するなんて、信じられなかった。

「ヤバい……。俺、マジでこんな興奮すんの……はじめてかもしれん」

肩口で喜多川がうっとりと呟く。

「小桃……ちゃんっ！」

「ゃめっ、……んぁっ！」

首筋に熱い吐息を吹きかけられ、貴悠の唇から鼻にかかった甘い声が漏れた。

「ははっ、小桃ちゃんてば、敏感なんだな」

耳許で喜多川が何か話すたびに、身体がビクビクと跳ねる。

「ばかぁ……そこで、喋《しゃべ》る……なっ」

首を捻《ひね》って反対側を向こうとしても、すぐに喜多川の唇が追いかけてくる。

「なんで？　耳、好きなんじゃないのかよ」

わざと唇を貴悠の耳に押しあてながら、喜多川がそろそろと脇腹から腰、そして尻へと手を伸ばしていく。

「ち、が……ぅ。う、ぅあ……イヤだっ。もぉ、放せって……」

「な～にがイヤなんだよ。ほら、俺のとおんなじで、小桃ちゃんのも硬くなってる」

左の尻朶を撫で摩《さす》る手はそのままに、喜多川が腰をずらして互いの勃起を擦り合わせた。

「ああ――っ！」

鮮烈な快感に堪えきれず、貴悠は嬌声《きょうせい》を声を放った。

「まったく、小桃ちゃんのエロい声、すげぇかわいい」

「……ぅるさぃ、たの……むから、やめ……っ」

欲情に上擦った理想の声に耳許でいやらしく囁かれて、平静を保っていられるはずがない。

抵抗を試みていた腕は頼りなく床に落ち、貴悠は囈言《うわごと》のように「いや、いや」と繰り返すばかりになる。

「身体はこんなに悦《よろこ》んでるのに、やめるワケないだろうが」

くたりとなった貴悠の頬に、喜多川が軽く唇を押しつけた。

右手はひたすら尻を撫でまわしている。

「ホント、かわいいよ。小桃ちゃん。ケツだけじゃなく、全身……舐め回してやりたいぐらいだ」

熱を帯びた声に、羞恥を煽《あお》られる。

「は……ずかしぃこと、言うな……っ」

顔が熱い。

いや、耳が……全身が、燃えるように熱い。

喜多川がゆるゆると腰を揺するたび、これでもかと劣情を意識させられるのが、どうにも恥ずかしかった。

「ほら、またちょっと大きくなったの、分かるだろ？」

意地悪な囁き声に、全身が歓喜に震える。

「あっ……はぁっ、ああっ……」

声を抑えようという意識は、とうに手放していた。

「へぇ……」

何かに気づいたように、喜多川がクスッと笑う。

「小桃ちゃん。言葉責めに弱いの？」

「ち、ちがっ……」

無意識に、否定した。

「じゃあなんで、俺がなんか言うたびにビクビク震えて、かわいらしい声で啼《な》くんだよ」

「あ、ああっ……、ダメ――ッ」

問い重ねる声が、まるで頭の中から響いてくるような錯覚を覚え、貴悠は堪らず喜多川の背中に腕をまわした。

「だから、ナニがダメなんだよ……、貴悠？」

はじめて喜多川の声で名前を呼ばれた瞬間、貴悠の頭の中で何かが弾《はじ》けた。

「あ、あ、声っ……声が……」

肩甲骨が浮いた背中を掻き抱き、自らもゆるゆると腰を揺する。下着の中にぬめった感触が広がっていたが、気にする余裕もない。

「俺の声？」

「う……ん。声……っ、声が……いいっ」

問われるまま、ウンウンと頷いて答えた。

「ああ。だから喋るなって言ったのか」

分かったなら、もう喋らないでくれ……なんて、言えるわけがない。

喜多川の声を聞いているだけで、貴悠の身体はどんどん蕩《とろ》けて、淫《みだ》らになっていく。

「そんなに、俺の声、好きか？」

ただの問いかけさえ、貴悠には甘い誘惑に等しい。

「うん……好きっ、もっと……もっと聞かせて――」

なり振り構わず強請《ねだ》り、先走りに濡れそぼった腰を押しつける。

「……ああ、マジで堪んねぇなぁ。小桃ちゃん」

少し痛いくらいに尻を揉《も》まれるのが、どうしようもなく気持ちよかった。

今までそんなことはなかったのに、喜多川が触れると感じたことのない疼きが尻朶から広がっていく。

「じゃあ、いっぱい……聞かせてやるよ」

喜多川が優しくて淫らな囁き声で、貴悠の欲望に応えてくれる。

昨夜、一人で想像したものより、うんと甘くて胸に染みる、理想そのものの声――。

「た～んと、聞いてな。……貴悠」

「あ、あ……ッ」

媚薬《びやく》のようなその声に名前を呼ばれ、鼓膜だけでなく全身が咽《むせ》び泣くようにフルフルと震える。

「名前、呼ばれンの、好きなの？」

喜多川が耳を舐める。

「……ンッ、ぅん！」

ゾクッと悪寒にも似た震えが背筋を駆け上がり、貴悠はわけが分からないまま小刻みに頷いた。互いの下腹で重なった勃起が痛いぐらい張り詰め、いつ暴発してもおかしくない状態だった。

「かわいいなぁ、貴悠。いつもみたいにツンツンしてんのもいいけど、今のお前もすげぇいい」

一定のリズムで腰を擦りつけ、喜多川が絶えず耳許に囁き続ける。

「あっ……や、もっ……イク……ッ」

「ん、好きなときにイケばいい。そんで、イクとき貴悠のヤらしい顔、ちゃんと俺に見せてみな？」

「ひっ……あ、あっ……いいっ！　もっと……呼んで、呼んで——」

「貴悠……ほら、イケってば……っ」

喜多川の息が少し乱れていた。

「ふぁっ……あ、やぁ……。もぉ、ィ……イク、出……ちゃ……」

「ああ、ちょっと……待てよ」

不意に、喜多川が腰の動きを止め、下肢を浮かせた。

「やっ……やめ……んな！　もっと……してっ」

淫らな刺激を突然奪われ、貴悠は無意識のうちに腰を浮かせて続きを強請る。

「馬鹿。服、汚れちまうだろ」

けれど、苦笑交じりに宥める声が、新たな刺激となって貴悠を絶頂へと促した。

「あっ！」

乗馬ズボンの前立てを探っていた喜多川の手が、器用にジッパーを下げていく。

そして、中途半端に性器を刺激しつつ、貴悠の熱く熟れたペニスを取り出した。

「んあ……っ！　あ、なに……っ？」

湿った下着の前開きから、性器がにょきりと顔を出すのを感じた直後、大きな掌に包み込まれ、貴悠は堪らず息を呑《の》んだ。

「ツ――ッ！」

「ああ、硬ぇな」

汗ばんだ顳かみに唇を押しつけ、喜多川が揶揄う。

「分かるか？　貴悠のちんちん、俺の手の中でビクビク震えてんの」

「ヒッ……あ、やめっ……擦んな……っ。あ、あっ……もうっ」

布越しに刺激されるより、さらに鮮明な快感を与えられ、貴悠はみっともなく喘《あえ》いだ。

「ほんと……堪んねぇな、貴悠。ほら……イッちまいな」

括れと亀頭を握り込むようにして摩られ、名前を呼ばれると、一気に絶頂感が込み上げてくる。

「ああっ……あ、イク、イク……もぉ、ダメ、あ、駄目……っ」

直接、喜多川の手に握られて、ほんの数分しか経っていない。

「貴悠……。いいよ、俺の手に出しちゃえ」

「……ぅ、ううっ」

唇を噛み締め、ブルッと全身を震わせる。

「貴悠……」

名前を繰り返し呼ばれ、イッていいよと促され、貴悠は呆気《あっけ》なく喜多川の手に精を放った。

「アーーッ」

二度、三度と、射精のリズムに合わせて腰を揺らし、喜多川の背に縋って絶頂の波に身を預ける。

「……ははっ」

甘い絶頂の快感の中、喜多川が満足げに笑うのを聞いた気がした。

「は、あ……っ。はぁ……、はあっ……」

朦朧《もうろう》として余韻に浸る貴悠の顔を、喜多川が覗き込んでくる。

「気持ちよかったか?」

「……ぇ」

脳がどろどろに融けてしまったみたいに、何も考えられない。

「なあ、小桃ちゃん」

作務衣の裾で自分の手と貴悠の性器をそっと拭いながら、喜多川が問いかけてきた。

「もしかして、ウチにはじめて来たとき、ずっと顔が赤かったのって……」

「——え?」

ぼんやりとしていた意識が徐々にはっきりしていく。

「俺の声のせい?」

レンズ越しに見つめられ、貴悠はようやく正気を取り戻した。

「……あっ」

目と鼻の先に喜多川の顔があると察した瞬間、言葉にならないほどの羞恥に襲われる。

「なっ……。ち、違うし……っ」

慌てて顔を背けて否定するが、説得力の欠片《かけら》もなかった。

「なんだ！　そうか！　そうだったのかよ！　だったらもっと早く言ってくれよ！」

「だっ……だから、違うって言ってるだろ！」

喜多川が一人で喜ぶのにすかさず否定するが、聞く耳を持たない。

「うわぁ、マジで嬉しいなぁ」

「人の話、聞けってば！」

「だってよ、もしかしなくても、俺たち一目惚れ同士だったたってことだろう？」

貴悠の顔を挟むように腕をつき、腰を跨《また》ぐような格好で、喜多川がニコニコと見下ろす。

「やっぱり運命の出会いだったたんだよ、小桃ちゃん！」

子供みたいな無邪気な瞳に、吸い込まれそうになる。

けれど……。

「ち、ちが――っ！」

密着していた身体が離れ、股間《こかん》がスースーするのを感じた途端、貴悠は自分がおかれた状況を急に強く意識した。

鍵のかかっていない玄関で押し倒され、股間をあらわにしている――。

「なあ、貴悠……」

喜多川が耳に唇を寄せ、甘えるように名前を呼んだ。

「や、やめろ……っ」

顔を背け、半身を捻《ひね》って逃げようとしたところへ、尻をむんずと鷲《わし》摑まれた。

「あっ！」

「なんで？　俺の声、好きなんだろ？」

「ば、ばかっ……こんなところで、何かんがえ……」

必死に逃げようと思うのに、耳許で喜多川に囁かれると、どういうわけか身体に力が入らない。

「小桃ちゃんが聞いていたいなら、ずっとこうして喋っててやるよ？」

「ふっ……う、あ……」

再び劣情を引き起こそうとする声に、イケナイ……と分かっていながら貴悠はついうっとりとしてしまう。

「声が嗄《か》れるまで、ずぅーっとこうやって……」

大きな手が乗馬ズボンの内側に潜り込み、直接尻に触れてくるのを感じたとき――。

『あれぇ？　貴悠のヤツ、どこ行っちまったんだ？』

外から、杉山の声が聞こえてきた。

「え……」

『梨本さーん、貴悠見なかったスか？』

庭の片付けが終わったのだろうか。

——冗談じゃ……ないっ。

一瞬で我に返ると、貴悠は咄嗟に喜多川の脇腹に肘を打ちあてた。

「うぐ……っ！」

喜多川が声もなく崩れ落ちる。

「ちょっ……」

苦しげにのたうつのを気遣う余裕もないまま起き上がると、貴悠は急いで身繕いして玄関を飛び出した。


——なんで、あんなこと……。

杉山たちに怪しまれることなく片付けを終えて帰宅した貴悠は、激しい自己嫌悪に陥っていた。

あの後、結局喜多川が貴悠の前に姿を現すことはなかった。

気まずい想いをせずに済んだことはよかったが、咄嗟に肘を打ちつけたまま、喜多川が苦しむのを放置して逃げ帰ったことには罪悪感を覚える。

まさか骨折なんかしていないだろうが、少し悪いことをしたと思った。

「……だって、あんなの……」

今思い返しても、どうしてああいうことになったのか分からない。

『こんなに誰かを欲しいって思ったの、小桃ちゃん……お前がはじめてなんだ』

思いがけず、喜多川から告げられた言葉に、頭がおかしくなったとしか思えない。

だって、あんな言葉を、貴悠は誰からも言われたことがなかった。

ノンケのくせに「男だろうが女だろうが大した問題じゃない」なんて偉そうに言うのが、心底腹立たしかったのに……。

ずっと、貴悠の尻にしか興味がないと思っていた。

『これって好きってことじゃねぇのかな?』

どうして、あんな言葉をさらりと口にできるのだろう。

「なんで、オレなんかに……」

男で、愛想もなければ、女みたいにやわらかい胸もない。

それなのに、喜多川は貴悠の尻だけじゃなく、貴悠自身が好きだと言った。

『俺たち一目惚れ同士だったってことだろう?』

運命の出会いだなんて憧れるばかりで、お伽話《とぎばなし》の世界にだけ存在するものだと思っていた。

そんな貴悠に向かって喜多川は目をキラキラと輝かせ、ちょっと甘えるみたいな顔で、あの理想の声で「好きだ」と囁いた。

その瞳を見た瞬間、喜多川の言葉をすべて信じたいと思ったのは、勘違いだろうか？

身勝手で都合のいい、思い込みなのだろうか？

けれどあのとき、本気で嬉しいと思ったのだ。

「……ほんと、オレって安いよな」

自嘲の溜息とともに、苦笑が漏れる。

もうどうしようもないぐらい、喜多川に惹《ひ》かれているのだと認めるしかなかった。

昨夜、喜多川の声を想って自慰に耽ったときから、ちゃんと自覚していたはずだ。

しかし貴悠はそんな自分の気持ちを認めたくなかった。

喜多川の好意を、信じたいのに、信じようとしなかった。

『ちょっとは読んでくれた？』

ほんのかすかに不安の滲んだ目で訊《たず》ねられたとき、「そんな暇ないから」と答えたのも、嘘だ。

本当は、下駄箱の上に本を見つけた後、明け方までかかって全部読んでしまった。

読書感想文も苦手で、子供の頃から小説なんてほとんど読んだことがないのに、喜多川が生み出す世界に魅せられ、夢中で一気に読んだ。

そして、貴悠は思い知った。

——凄《すご》い男に、口説かれてる。

だらしがなくて、ちょっとおかしくて、小尻フェチの作家先生。

無精髭と伸び放題の髪で三割減ぐらい損している見た目も、きちんとしたらカッコイイだろう。

そんな男が、どうして貴悠なんかにあそこまで入れ込むのか分からない。

ただ好きなのだと言われると、そうなのだろうと思う。

でも……。

怖い。

本当に信じていいのか?

貴悠の胸に、疑念と不安が広がっていく。

喜多川ほどの男だ。

その気になれば相手なんていくらでもいるだろう。

それに、いつまた貴悠以上に彼の理想に適う小尻を持つ人が現れるかもしれないのだ。

「だいたい、どの面下げて……『俺も好き』なんて言えるんだ」

散々、尻だけが目当てのくせに、と喜多川を非難してきた。

それなのに、喜多川に耳許で囁かれたぐらいで身を預けてしまうなんて、それこそ「声だけが好き」なお安い奴だと、嫌われやしないだろうか。

多分、もう手遅れだって分かってる。

喜多川が、好きだ。

腹が立つことばかり言うし、小尻フェチの変態だけど、またあの声を聞きたいと思うし、あの手に触れられたいと望んでいる。

「でも……、やっぱ……駄目だ」

過去の痛手が、足を竦ませた。

新しい恋を自覚したことで、貴悠は痛感する。

まだ傷は癒えていない——と。


その夜、貴悠は伯父の漆沢《うるしざわ》に、喜多川邸の現場から自分を外してほしいと頼んだのだった。

【四日目＊追う男】

「ゲホッ、ゲホゲホッ……」

翌朝、喜多川は自分の咳《せき》の音で目を覚ました。

「イテ、イテテテ……」

咳《せ》き込むと同時に、脇腹に鈍痛を覚える。

布団の上で身を捩《よじ》りつつ、記憶を手繰《たぐ》り寄せた。

——ああ、小桃ちゃんに肘鉄喰らったんだっけか……。

頭の中に、昨日の情景がゆっくり浮かび上がってきた。

『声……っ、声が……いいっ』

まだ完全に覚醒《かくせい》しない頭の中、涙目で喜多川の声が好きだと打ち明けた貴悠の、ふだんからは想像もつかない表情が描き出される。

「なんか、凄いエロかった気がする……」

ボソリと呟くと、喉に違和感を覚えた。

と同時に、あらぬ場所がいきりたっていることに気づく。

「マジか」

苦笑とともにそろりと手を伸ばし、乱れた寝巻きの裾から股間に触れる。

下着越しにも勃起しているのが分かった。

そろそろと宥めるように息子に触れながら、再び昨日の記憶を手繰り寄せる。

『イク……もぉ、ダメ、あ、駄目……っ』

啜り泣くようなくぐもった声。

まざまざと甦《よみがえ》る、他人の性器の感触。

他人のペニスなんて一度だって、触れたいと思ったことはない。

しかし、貴悠の切なげに歪《ゆが》んだ眉や、紅潮した目許に滲む涙を見ていると、嫌悪よりも激しい劣情がぶわりと湧《わ》き上がった。

「信じ……らんねぇ」

とんでもないことをやらかしたんじゃないか。

今になって、はたと我に返る。

小尻に異常な執着があること以外、性的には淡白な性質《たち》だと思う。

だいたい三十七歳にもなって、ガツガツするほど飢えていない……つもりだった。

それなのに、貴悠が大きな目に涙をいっぱいたたえているのを見た瞬間、理性の箍《たが》が外れたみたいに、欲望が噴き出したのだ。

あんなケダモノみたいに、同じ男に襲いかかったなんて信じられない。

ましてや性器を弄《いじ》り、イヤだと言うのを聞き入れず、散々に泣かせた揚句に射精までさせ

る。

昨日、貴悠にも告げたとおり、最初は確かにあの小尻しか目に入っていなかったのは認める。

「尻だけ見て、飛びかかってんなら、まだ分かるんだけどなぁ」

た——。

しかし、すぐに貴悠の人柄に興味を覚えるようになったのも本当だ。

今までは、相手のケツさえ合格点なら、その他の容姿や性格は正直どうでもよかった。つまり興味がなかったのだ。

だが、貴悠は違う。

あの見事な小尻は言うまでもないが、貴悠の表情や仕草、仕事ぶりのすべてに強く惹かれた。仕事中の貴悠はふだんのツンツンした態度が嘘みたいに、瞳をキラキラと輝かせていて、見ているこちら側までなんとなく楽しい気分にさせる。

「ケホッ。ああ、くそ……」

どうにも喉がいがらっぽい。それに、なんとなく身体全体が重い気もしてきた。

この前、台風の最中に貴悠を訪ねていったとき、雨に濡れたせいで風邪をひいたのかもしれない。

「ケホッ……。イテッ」

咳をすると脇腹に激しい痛みが走った。

昨日の一発は、まあ、仕方がなかったと思えなくもない。

しかし、最初の一撃に関しては、自分は被害者だと思う。

「まったく、何も……同じ場所に打ち込むことねぇだろ」

ごろりと寝返りを打つと、やはり脇腹が痛んだ。

「うー、これ絶対に痣《あざ》できてンな……。ケホッ、ゴホッ……ケホンケホッ、ゲホ……ッ」

喉の痛みがどんどん酷くなっていく。

脇腹が、痛い。

そして何より、胸が痛んだ。

「逃げ出したくなる気持ちは、分からんでもねぇけどよ……」

あからさまに喜多川を意識しているくせに、距離を縮めようとすると慌てて逃げ出す。

本気で嫌がっているようには見えないのに、絶対に心を許そうとしない。

まるで野良猫を相手に、懸命に好かれようとしている自分を意識したとき、貴悠に対する執着がただの性的嗜好によるものだけじゃないと確信した。

言葉にして説明しろと言われると、どうにも上手くいかないのだが、頑ななまでに喜多川を拒絶する貴悠を思うと、胸が切なく痛んで泣きたいような気持ちになる。

生まれてはじめて経験する感情の揺れや、思いがけない自身の暴走ぶりに、どうすればいいのかも分からない。

これが、恋ってヤツじゃなくて、なんだって言うんだ？

――まあ、本当のところは、楠木に言われるまで自覚がなかったのだが。

「……しかし、どうしたモンかな」

妄想――小説の中でぐらいしか、まともに恋愛について考えたことのない喜多川でも、貴悠が自分を好きだってことは分かった。

どう考えたって、相思相愛だ。

そうでなければ、昨日みたいなエロいことになるはずがない。

体格差があっても、体力差は歴然としている。

貴悠が本気で喜多川を拒絶しようと思えば、絶対にできたはずなのだ。

「俺、もやしっ子だからなぁ」

昨日、はじめてちゃんと触れた貴悠の尻は、思っていた以上に張りと弾力があった。

きっと全身、薄く嫌みのないきれいな筋肉に覆われているに違いない。それらはきちんとした労働のもとに培われた、実用的な筋肉だ。

「それにしても、かわいかったなぁ……。小桃ちゃん」

自分の下で甘く喘ぎ、快感にうち震える貴悠に、言葉にならないくらいの愛《いと》しさを覚えた。

これはもう、何がなんでも自分のモノにして、悪態を吐く間もないぐらい甘やかしてやらなければならない。

「その前に……どうやって、手に入れるかなんだよなぁ……ケホッ、ゴホゴホッ」

今日、貴悠が来たら、どんな顔をするだろう。

またしても無視をするか、意識し過ぎて真っ赤になるか――。

知らず口許が綻《ほころ》ぶのを感じながら、喜多川はのそのそと布団から這《は》い出した。


「え……？」

九時過ぎ、植智造園の職人たちの中に、貴悠の姿はなかった。

喜多川はすぐさま社長の漆沢に事情を訊ねる。

「なあなあ、社長さん。今日は小桃ちゃ……戸田くん、来ないの？」

すると、漆沢が何故か申し訳なさそうに頭を下げた。

「すんません、喜多川先生。……昨日の夜、貴悠から先生を怒らせてしまったと聞いたんですが、あの、アイツ……何をやらかしたんでしょう？」

反対に問い返されて、喜多川は一瞬、きょとんとしてしまった。

「は？　え？　怒らせた？」

それを言うなら、自分の方だろうに……と思ったが、まさか漆沢に「おたくの甥《おい》っ子さんのちんちん摩ってイかせちゃいました」などと言えるわけがない。

「いや、あの、別に怒るようなことは……」

「そうなんですか？　けど貴悠の奴は『先生も迷惑だろうから行けない』の一点張りでしてね」

漆沢も困った様子だ。

「もともとあまり自分から話をしてくるような奴じゃないし、俺も口下手で問い質《ただ》すのが苦手でしてね……理由を聞けないまま、休ませることにしたんですわ」

「そりゃ、仕方ないですねぇ」

貴悠に避けられてて当然のことをした自覚があるだけに、喜多川も深く追及できない。

「作業の方はきっちり進めますんで、ご安心ください」

「あ、うん。それはもうすっかり任せてますから」

この際、庭の作業なんかどうでもよかった。

貴悠がどうしているのかが気になってどうしようもない。

ぼんやりと庭に目をやり、職人たちが植木を刈り込んでいくのを見つめる。

「あの、先生……」

すると、漆沢が小声で呼びかけてきた。

「ちょっとお話しさせてもらっても、いいですかね？」

ゴツい身体を小さく丸め、漆沢が上目遣いで訊ねるのに、喜多川はすぐ頷いた。

座敷だと庭で作業する職人たちに聞かれるかもしれないと思い、喜多川は漆沢を書斎に通した。

所狭しと本やノートが散らばった室内に漆沢は少し驚いた様子だったが、向かい合って腰を下ろすとすぐに神妙な顔つきで話し始めた。

「先生はその、貴悠がゲイ……だってご存じで？」

言い辛そうに訊ねられ、喜多川は少しだけ間をおいてコクンと頷く。

するとと漆沢がホッと溜息を吐いた。

「やっぱり作家先生は人間観察ってんですか？　そういうので分かっちまうモンなんですねぇ」

感心した様子で漆沢が頷く。

喜多川は訂正しようか迷ったが、話の流れを妨げるのもどうかと聞き流した。

「実は貴悠の母親……俺の妹からアレを預かるときに、そうなんじゃないかと聞かされてましてね」

数年ぶりに会った甥の表情から、漆沢は貴悠が何か大きな悩みを抱え、人と深く接するのを避けるようになったのではないかと思ったらしい。

「正直、俺にはゲイだとかそういうのはよく分かりません。けど、実際に貴悠と暮らすうちに、女の人を苦手そうにしたり、男同士でも必要以上に慣れ合ったりしないのを見て、やっぱりそうなんじゃねぇかと思うようになりました」

それが確信に変わったのは、離れのゴミをまとめている物置で、ゲイ向けの雑誌を見つけてしまったときだと、バツが悪そうに漆沢が打ち明ける。

「詰めが甘いのは、若いからですかねぇ」

「コホッ。……さあなぁ。ああいうモンは、見つかるときは見つかるモンだ」

そのときの漆沢を想像すると、つい噴き出してしまいそうになる。

「まあ、驚きましたし、ショックでしたが、男を好きになるからって罪を犯したわけじゃねぇ。それに俺にとっては貴悠はもう息子みたいなモンですから、黙って見守ろうと思ってたんです」

「……ケホッ。それで？」

喜多川は、漆沢が予想に反して饒舌《じょうぜつ》なことに少しだけびっくりしていた。

もしかしたら甥っ子のことが心配で、いつになく舌が回っているだけかもしれない。

「でもあのとおり、貴悠は不器用な奴でしてね。負い目があるのか、なかなか人と上手く付き合っていけない。それが俺にはもどかしくて堪らんかったんです。けど……」

俯いて畳の目を見つめながら話していた漆沢が、急にパッと顔を上げて喜多川を見た。

「ここで先生に会ったとき、貴悠が大声をあげて怒鳴ったじゃありませんか」

「ああ……。あのときは、その、ケホッ……俺もちょっと気が動転してて——」

理想の小尻を目の前に、我を忘れたときのことを思い出し、喜多川は苦笑した。

「いや、いやいや、先生っ！」

急に、漆沢が興奮に声を上擦らせる。

「俺はね、貴悠が他人に向かって声を荒らげるのを、あのときはじめて見たんです！」

「え、ああ、そ、そうなんだ？」

喜多川の手を握ってきそうな勢いに、唖然《あぜん》となった。

「無愛想でぶっきらぼうで、ウチの職人とも仕事の話以外ろくに口も開かねぇ貴悠が、先生にだけはちゃんと感情を見せるじゃないですか」

そういえば、喜多川にはやたらキャンキャンと吼える貴悠が、休憩時間などで職人と世間話をするのを見たことがないと気づく。年も近そうな杉山という職人に揶揄われても、ほとんど無視していた。

「ああ、言われりゃ、そうだなぁ」

「だからね、俺は思ったんです。あれが貴悠の本当の姿なんじゃねぇかって」

漆沢が感慨深げに目を細めた。

「これは俺の身勝手なんですがね」

そして、日焼けしたゴツい手を伸ばし、喜多川の右手を握る。

「あ」

ギュッと両手できつく握り締めると、漆沢が深く頭を垂れた。

「先生なら……貴悠を閉じこもった殻から引っ張りだしてくれるような気がするんです」

野太い声がかすかに震えるのを聞いて、喜多川は黙って手を握らせておくことにする。

「何も言いやしませんが、貴悠はこの仕事が好きなんだ。どんなにキツくても休むようなことなんかなかったんです。それが……」

漆沢の気持ちが痛いほどに伝わってくる。

これだけ伯父に愛されているというのに、一人で勝手に拗ねている貴悠に腹が立つほどだった。

喜多川は自分の手を握る漆沢の手に、左手をそっと重ねた。

「せ、先生っ」

漆沢がハッとして顔を上げる。涙で潤んだ瞳が、どことなく貴悠に似ていた。

「お願いです……。何があったか分からないが、アイツと話し合ってくれませんか……っ」

恥も外聞もなく年下の男に深々と頭を下げる漆沢に、喜多川は静かに頷いたのだった。


漆沢から貴悠は多分どこにも出かけず、うちで庭木の世話をしていると思うと教えられ、喜多川はタクシーでまっすぐ植智造園を目指した。

『貴悠には、今の話は黙っててください。俺がゲイだってことを知ってるとなったら、ウチにいるのが辛くなると思いますんで』

伯父なりの優しさを、貴悠が知らないままでいるのはどうかとも思った。

しかしいつの日か、貴悠が自分で漆沢の想いに気づくときが来るだろうと期待する。

先日、楠木とともにタクシーを飛ばした夜と違って、今日は澄んだ青空が広がっていた。

三十分ほどで到着すると、母屋の裏手にある広大な庭に向かう。

そこには大小様々な植木が植えられていた。

「……んな！」

松やツツジ、それに名前の分からない木の間を縫うように歩いていくと、庭の奥から言い争う声が聞こえてきた。

「だいたい、何しに来たんだ！」

喜多川に対するものよりもさらに刺々《とげとげ》しい貴悠の声。

「お前んとこの社長がいつでも構わねぇって言ってたから、現場の帰りに借りてたユンボ、返しに寄ったんだよ」

聞こえてくる声を頼りにそっと近づいていく。

「だったらユンボ置いて、さっさと帰れよ！」

「そんなこと言うなよ。なあ、いいだろ？」

――誰だ？

貴悠に馴《な》れ馴《な》れしく話しかける男の声に、なんとなく嫌な予感がした。

「ケホッ」

喉の違和感に小さく咳き込みながらも先を急ぐ。

やがて、紅葉《もみじ》の木が並んだその向こうに、貴悠が作業着姿の男と揉み合っているのが見えた。

「ちょっとぐらいいいだろ？　それにお前、俺の声、好きって言ってたじゃん」

派手な金髪に浅黒く日焼けした肌の男が、振り上げた貴悠の両腕をしっかと摑んで顔だけを寄せる。

「馬鹿っ！　お前の声なんか……とっくに忘れてんだよ！」

貴悠は必死に抵抗を試みているが、相手の男にあっさり抱きかかえられてしまう。

「あっ」

喜多川がハッとしたとき、男の手が貴悠の股間に触れた。

「うわっ……！　放せって言ってんだろ！」

「相変わらず口が悪いな。どうせすぐ感じまくるクセに、おとなしくしてろよ」

男はそう言うと、小さな苗木が並んだその隣へ、貴悠の足を払って押し倒した。

「ッ――！」

その光景を目にした途端、喜多川は駆け出していた。

「おい、お前！　俺の小桃ちゃんに何しやがるっ！」

紅葉の根元に置いてあった刈り込み鋏を無意識に手にとり、柄を持って突進する。

「え……？」

喜多川に気づいた男がハッとして振り返った。

「……せ、んせ？」

地面に横たわった貴悠が目を大きく見開く。

「うわぁあああああっ！」

わけも分からず叫び声をあげ、刈り込み鋏を振り回す。

生まれてこのかた、喧嘩なんてしたことのない喜多川は必死だった。

「ちょっ……危ねぇだろ！　オッサン！　うわぁっ」

男が困惑しながら、身体を捻って必死に鋏を避《よ》ける。

しかし、貴悠を押し倒して膝をついた姿勢だったため、上半身を仰《の》け反らせたかと思うと
そのまま尻餅をついて倒れ込んだ。

「うわっ……！」

男が転がった、その顔の横へ、喜多川は思いきり刈り込み鋏の刃を突き立てた。

「ヒィ――――ッ」

情けない悲鳴を漏らし、男が息を詰める。

「おい、テメェ！　何勝手に人のモンに手ェ出してんだ！」

喜多川は横たわった男の腰を跨ぐと、いつでも鋏を顔か頭に突き立てるぞとばかりに睨みつけた。目の前の男に対する怒りで頭が沸騰しそうだ。

「喜多川……せんせ……っ」

すぐそばで、貴悠が不安そうな声で呼びかける。

「馬鹿、やめろよ。問題になったらどうするつもりだ」

「そんなことは関係ねえっ！　俺の小桃ちゃんが襲われたんだぞ。ブン殴ったくらいじゃ……これっぽちも気が済まねぇ！」

息が上がって、咳き込みそうになるのを必死に堪えた。

するとゼイゼイと息を乱す喜多川を見上げ、男が不敵な笑みを浮かべる。

「おいおいオッサン、びっくりさせせんなよ。息上がってんじゃゃねェか」

相手が自分よりも年上のくたびれたオヤジと知って、少し落ち着きを取り戻したようだ。

「だいたい、何が『俺の小桃ちゃん』だよ。笑わせせんな」

「やかましいわ！　このＤＶ野郎！　俺のだから俺のって言って何が悪い！」

カッとなって、思い浮かんだまま言い返す。

すると、男がゆっくりと上半身を起こしながら言った。

「知らないみたいだから教えてやるけどよ、コイツは野郎の声だけでイける変態のクソビッチなんだぜ？」

「……なんだと？」

熱く滾《たぎ》った頭の中心部分に、突然、ひんやりと凍りつくような感覚を覚える。

男が悪びれもせず貴悠に向かって吐き捨てた。

「久し振りに顔見たから、また遊んでやろうって思っただけじゃん」

「……っ」

何故か貴悠は黙ったまま、何も言い返そうとしない。

「ビッチのくせに勿体《もったい》ぶったフリなんかしやがってよぉ」

男が鼻で嗤《わら》った瞬間、喜多川は日焼けした浅黒い顔に、反射的に膝を打ち込んでいた。

「うぐっ……」

まともに喰らった男が、再び地面に横たわる。

「それ以上、つまんねェこと喋んじゃねぇ……っ！」

膝から伝わる激しい痛みを堪えつつ、喜多川は刈り込み鋏を地面から引き抜き、柄を両手で持って高く掲げた。

「お……おい、ちょっと待て……。落ち着けって、ば……っ」

赤く腫《は》れた眉間に手をあてて、男が驚愕に目を見開く。

直後、喜多川は男の股《また》の間に、開いた状態で鋏を思いきり突き立てた。

「────ッ！」

男が、息を呑む。

「喜多川先生……っ！」

貴悠が悲鳴じみた声で喜多川を呼んだ。

「ゲホッ……」

咳をして、刈り込み鋏の柄を強く握り直すと、喜多川はジャリジャリと鋏で地面を抉《えぐ》りながら男に告げた。

「今度、貴悠にちょっかい出したら、この粗チン、ちょきんって切って落とすぞ」

男が瞠目《どうもく》したまま、ガクガクと壊れた操り人形みたいに頷いた。


貴悠の元カレだという男は、別の造園会社に勤める職人だった。

社長同士が旧知の間柄で、よく重機の貸し借りをしているのだと貴悠が教えてくれた。

「伯父さん……社長は、オレがアイツと付き合ってたなんて、知らないから……」

きっと漆沢は、相手の会社に「貴悠がいるから返しにきても大丈夫」とでも伝えたのだろう。

「なるほどなぁ」

漆沢の気持ちを思うと、喜多川は切なくなる。貴悠がゲイであることに理解は示せても、こういう関係にまではこの先も気が回らないだろう。

「で、好きだったの？」

「……は？」

紅葉の苗木の根元に並んで腰を下ろし、喜多川はだしぬけに質問をぶつけた。

「いや、こう言っちゃなんだけど、小桃ちゃん。男を見る目、ないよね？　あんなののどこがよかったワケ？」

続けざまに問いかけると、貴悠がきゅっと唇を噛み締め、目を伏せる。

「オレだって、なんであんな奴と……って思ってる」

ふだんの貴悠らしくないシュンとした表情で、掠れた声で答えた。

「アイツも言ってたけどさ、ぶっちゃけ、声がよければ、誰だっていいんじゃないの？」

我ながら意地が悪いとは思う。

正直、嫉妬《しっと》だけではない憤懣《ふんまん》が、喜多川の胸にあった。

「俺には散々、ケツばっかりとか文句言ってたくせに」

「ちが……っ」

貴悠が慌てて否定する。

いつもの強気な態度は見る影もない。

それどころか、今にも泣き出しそうに大きな目に涙が浮かんでいる。

――いかん、意地悪し過ぎたか。

あの男との間に、よほど辛い思い出があるのだろう。

「ごめん、責めてるんじゃ……怒ってるわけじゃない」

そう言うと、貴悠の明るい栗色の髪をそっと撫でた。

今までならすぐに手を払われていただろうに、今日の貴悠はおとなしく喜多川の好きにさせてくれる。

「ッケホ……コホンッ、ゴホッ……」

不意に、喜多川は激しく咳き込んでしまった。

ほんの数分だったが、慣れない立ち回りなど演じたからだろうか。身体が少し熱く、汗ばんでいる。

「なあ、大丈夫か?」

項垂《うなだ》れていた貴悠が、そっと窺い見る。

「んー、朝からちょっと喉が痛いンだよね。風邪気味なのかもしれないが、まあ、大したこたぁねぇよ」

イガイガする喉を少しでも潤そうと唾液《だえき》を嚥下《えんか》したが、違和感と痛みを強く意識させられただけだった。

「ま、とりあえず、小桃ちゃんが無事でよかった」

ぽんぽんと、優しく頭をたたいてやる。

すると、貴悠が顔を伏せたまま「ありがと……」と蚊《か》の鳴くような声で言った。

「ははっ。なんだよ、今日は随分と素直じゃねぇか」

ほんの少し驚きつつ、傷んだ茶髪をくしゃりと掻き乱してやる。

数秒の沈黙の後、貴悠がそろりと口を開いた。

「アイツとは……ココの正社員になった頃に知り合って――」

何を思ったのか、貴悠が元カレとの馴れ初めを話し始めた。

「それで、声聞いて、いいなって……」

俯き、気まずそうに、ポツリポツリと声を絞り出す。

「ああ見えて仕事はできるし、ベテランの職人さんにも一目置かれてて……」

喜多川にしてみれば、別段、聞きたくない話だ。

だが、ふだんあまり自分のことを話さない貴悠が、辛い記憶であるはずの過去を話してくれるのを無下にあしらうことはできなかった。

「ん、ケホッ。それで……?」

咳を堪えつつ先を促し、耳を傾ける。

「何度か……会ってたら、向こうから『好きだ』って言われて、オレ……そういうのはじめてだったし、嬉しくて――」

声が震えて、途切れがちになる。

「嬉しくて、信じたんだ……っ」

とうとう、抱えた膝に顔を突っ伏してしまった。肩を小刻みに震わせ、嗚咽《おえつ》交じりに吐き捨てる。

「でも、アイツ……遊び人で、オレ以外に……女もいて……っ」

――おいおい、マジか……。

強気に見えて、その実、貴悠が思った以上に初心《うぶ》だと思い知らされる。

喜多川はかける言葉もないまま、静かに髪を撫で続けた。

「付き合うなんて言ってない、遊びだって……言われて、オレッ……」

後悔してもしきれないのだろう。まるで自分が悪いとでも言うように、貴悠は想いを吐露し続けた。

「もぅ……どんなに声がよくても、絶……対に、誰も……好きになんか、ならなっ……いって決め……たんだっ」

そこまで話すと、貴悠は声を詰まらせ、黙り込んでしまった。

重い――とでも言われたのだろう。

男同士でなくても、よくある話だと喜多川は思った。

けれど、貴悠にとっては真剣な恋愛だったに違いない。

だからこそ、ここまで傷つき、今もその傷は癒えていないのだ。

——馬鹿だなぁ。

声には出さないが、そう思わずにいられない。

貴悠を可哀想《かわいそう》だとは思うが、それ以上に、怒りが込み上げてくる。

腹の中が煮えくり返って、苦しくて、堪らなかった。

辛いのは貴悠だ。

分かってる。

でも、喜多川も苦しかった。

あの男が許せないし、あんな男に惚れてしまった貴悠が悲しい。

だいたい、あの男の声と自分の声が、まったく似ていないことが気に食わなかった。

そして、何よりも……。

たった一度の失敗で、恋に臆病《おくびょう》になって、喜多川の想いを受け入れてくれない貴悠に腹が立った。

まあ、……俺も人のことは言えねぇけどさ。

声に執着する貴悠と、小尻に囚《とら》われた自分——。

「なんだよ。お似合いじゃねぇか」

ぼそっと呟くと、貴悠が不思議そうに見つめてきた。

「なんか、言った?」

「いいや」

目を細め、小さく首を振る。

声フェチを拗《こじ》らせた植木職人と、小尻フェチを拗らせた作家なんて、なんとも面白い組み合わせだ。

それぞれ需要と供給が合致しているのに、どうして上手くいかないのだろう。

——そんなの、分かりきってる。

ようやく落ち着いてきた様子の貴悠の横顔を見つめ、喜多川は一人、密《ひそ》かに笑う。

色恋なんて、そういうものだ。

そう簡単に、小説のようにはいかない。

「なあ、小桃ちゃん」

真夏のそれとは異なる澄んだ青空を見上げ、貴悠に問いかけた。

「ひとつだけ、教えてほしいんだ」

「……なに?」

声の感じから、貴悠が身構えるのが分かった。

まったく、どれだけ臆病なのだろう。

――まあ、そこがかわいいんだけどねぇ。

「なんで植木職人になったの？」

ゆっくりと貴悠を見つめる。

「は？」

貴悠の口から、気抜けした声が零れ落ちた。まったく予想していなかった問いかけだったのだろう。

「前にも言ったけどさ、植木職人なんてキツい仕事だろ？　今どきの若い連中がそうそう選ぶ職業じゃない。だから、なんでかなぁって不思議だったンだ」

貴悠が相変わらず不思議そうな表情を浮かべる。喜多川の質問の意図を計りかねているのかもしれない。

「いやぁ、ぶっちゃけ俺は物書きになりたくてなったワケじゃなくてよ。……書くことは嫌いじゃないが、気がついたらこうなってたって感じなんだ」

話しながら、喜多川はこそりと胸の内で自嘲の笑みを浮かべる。ただ流されるまま、適当に生きてきた人生が、ほんの少しだけ恥ずかしく思えた。

「だから小桃ちゃんが真剣に仕事してるの見て、なんでわざわざあんなキツい仕事選んで、あんな楽しそうに熱中できるのか、不思議でしょうがないんだ」

自分にはない情熱とやらを、貴悠の仕事ぶりから感じ、ふと胸に浮かんだ疑問を素直に投げかけてみたくなったのだ。

するとと、貴悠が喜多川の顔を数秒見つめてから、物思いに耽るようにゆっくり瞼《まぶた》を伏せ、足許へ視線を落とした。

「ここへ来るまでは、興味なかったけど……植木の世話しろって言われて、やってみたら……なんか、ハマってた」

言葉をひとつひとつ確かめながら、ポツリポツリと答える。

「しんどいし、汚いけど……手をかければかけただけ、木や花はちゃんと応えてくれる。……失敗しても、やり直せば、きちんと枝を伸ばして、花を咲かせてくれるから……」

「それってさぁ、人も同じだって思わねぇか？」

喜多川の言葉に、貴悠が無言のまま身体を緊張させた。

「人は、違うだろ」

ぼそっと言って、膝を抱く手に力を込め、拳《こぶし》を握った。

「平気で裏切る、嘘を吐く。……それに」

さらに何か言おうとするが、急に口を噤《つぐ》んだ。

二人の間に、沈黙が漂う。

庭のどこかから、虫の鳴き声が聞こえてくる。

空を渡る風に、秋めいた匂《にお》いを感じた。

そうして、数分が過ぎたとき――。

「アイツが……」

沈黙に耐えかねたのか、貴悠が口を開いた。

「さっき……言ったとおり、オレは声だけで男に簡単に惚れる……安い男なんだ。アンタだって、知ってるだろ?」

自嘲的な台詞を口にする貴悠に何か言ってやりたいと思ったが、どうにも頭が重くなってきて頭がまわらない。

「声フェチの変態で、糞《くそ》ビッチ。……だからもう、放っといてくれよ」

気のせいだろうか。

すぐ隣にいる貴悠の声が、何故か遠くに聞こえた。

おかしいな、と思いつつ、喜多川は貴悠に声をかける。

「自分で自分を卑下するな」

言って、やはりおかしいな、と思った。

自分の声が、頭の中でエコーがかかったように響く。

「幻滅したくせに」

貴悠が自棄《やけ》糞な口調で吐き捨てた。

それに喜多川は「そんなことねぇよ」と答える。

「確かに、今はちょっと……小桃ちゃんに怒ってることもある。でも、だからって……そう簡単に諦められるかよ」

「……え？」

「人なんて殴ったこともなかったのに……頭に血が上って、気がついたら鋏振り回してたんだ。もうちょっと自分が書く侍《さむらい》みたいに、格好よくできりゃよかったんだけどなぁ」

頭がぼんやりして、ちゃんと喋れているだろうかと少し不安になる。

しかし、何故か今、貴悠に自分の想いを伝えなければ——という気持ちが溢れて止まらなかった。

「小桃ちゃんが、俺以外の誰かに触られてるなんて、我慢できなかった」

貴悠は、辛い過去を正直に話してくれた。

だから喜多川も、偽りのない正直な気持ちを打ち明けるべきだと思ったのだ。

「なんでオレなんだよ。尻がどうとか……そういうの別にしても、男のオレなんか……」

それでも貴悠の心は頑なだ。

「アンタの声、確かに好きだよ。ちょっと聞いただけでも馬鹿みたいに身体が反応して、ワケ分かんなくなるぐらいにさ！」

自棄っぱちになって、唾《つば》を飛ばし捲し立てる。

「今だって助けてもらって、嬉しいって浮かれてるんだ。だから……多分、アンタのこと……好きになりかけてる」

「こ、小桃ちゃん？」

思いがけず貴悠の口から出た告白に、喜多川は色めき立った。

だが、一瞬の歓喜はすぐに打ちのめされる。

「でもっ！」

貴悠の横顔が苦しげに歪んだ。

「分かんないんだよ！　不安なんだ……。声が好きなだけで……本当に、ちゃんとアンタのこと好きなのか……分かんないんだよ」

唇を噛み締め、苦しげに息を吐く。

「アイツのことだって、声が好きだから……声だけが欲しくて……好きだって思い込んでたのかもしれない――」

ろくでもない男だって分かりきっているだろうに、貴悠は最終的に自分を責めるのだ。

恋の失敗の原因は、自分にあるのではないか、と……。

「だから……、信じられない」

ポツリと、零す。

「こんなだから、オレ、自分が……信じられないんだ」

――ああ、そうだったのか。

再び膝を抱いて顔を突っ伏す貴悠の、心に潜んだ苦悩を知って、喜多川はなんとも遣《や》る瀬ない気持ちになった。

同時に、今までなかった愛しさが込み上げる。

「思うんだけどよ」

小さな子供みたいに背中を丸めて震える貴悠に、喜多川はそっと語りかけた。

「小桃ちゃんがそこまで臆病になっちゃったのは、あの野郎のことを本気で好きだったからじゃないのか？」

汗ばんだ背中に手を添えて、ゆっくりと撫で摩ってやりながら、頑なな心に届くようにと祈りを込める。

「もし声だけが好きだったんなら、振られようが『ハイ、次！』ってなるだろ？　けど本気で惚れてたから、今でもそんなに辛そうな顔してるんじゃねぇのか？」

あんな男のせいで貴悠の心がここまで深く傷つけられたのかと思うと、怒りと歯痒さで堪らなくなった。

いじけ根性も大概にしろと、貴悠を怒鳴ってやりたいくらいだ。

「あのよぉ、小桃ちゃん」

身体が熱い。

気のせいか、声がどんどん出難《にく》くなっているようだ。

「声は、きっかけだろ？　俺も最初はお前の尻しか見てなかった。けど、前にも話したとおり、今は小桃ちゃんのことが……今、目の前で泣き出しそうな顔してるお前が、かわいくて、愛しくって……。お前を泣かしたあの野郎を、ホントはブッ殺してやりたいくらいだ」

「……え？」

最後の言葉に、貴悠がぎょっとして顔を上げた。

「……やんねぇよ。冗談だ」

ちょろりと舌を出して戯《おど》けてみせると、ようやく貴悠がいつもの調子で「馬鹿じゃねぇの」と小さく言い返した。

「まあ、つまり俺が言いたいのは、きっかけがなんだろうと、恋に堕ちたら道理もクソもなくなるってことだよ」

我ながら、話の持っていき方が、乱暴で強引だと思う。

でも打ち拉《ひし》がれる貴悠を見ていたら、どうにかしてやりたくて仕方がなかった。

喜多川はしっかりと貴悠の目を見つめると、諭すような口調で静かに続けた。

「アラフォーのオッサンが、遊び半分で男のケツ追っかけると思ってンの？　なあ、こう見えて必死なんだ。小桃ちゃんの気持ちがまだ整理つかないならしょうがねぇ。でも、俺の本気を疑うのだけはやめてくれ」

貴悠がその丸い目を、驚きにさらに丸くする。

どうやら、ちゃんと伝わったようだ。

安堵して胸を撫で下ろしたとき、喉の違和感がいっそう酷くなった。

「っ……ゲホッ、ゴホンゴホンッ！　うぅっ……ゴホゴホッ……」

激しく咳き込んでしまい、息をするのも辛くなる。

「え、ちょっと！　なんだよ、大丈夫か？」

貴悠が驚きながらも、すぐに喜多川の背中を摩ってくれた。

——ああ、なんだ。優しいところもあるじゃないか。

背中を丸め、咽ぶように咳を続けつつ、ちょっと嬉しく思う。

「……ッ悪いな、小桃ちゃん」

顔を向けて謝ると、貴悠がぷいっとそっぽを向いた。

いつものツンとした横顔だ。

「やっぱ風邪だな。……らしくなく真面目な話なんかしたから、熱が出たのかもしれねぇ」

戯けてみせるが、本当に熱が上がってきたようだ。

頭がズキズキと痛んで、喋るのも億劫《おっくう》に思えてくる。

「ちょっと、マジで大丈夫か？」

さすがに貴悠も本気で心配そうな表情を浮かべた。

「伝染《うつ》すと悪いから、帰るわ」

よろりと立ち上がると、続いて貴悠も立ち上がる。

「見送りはいいよ。タクシー呼ぶし、平気だって」

喜多川はそう言うと、植智造園を後にしたのだった。

【五日目＊待つ男】

当初、二日で終える予定だった喜多川邸の作業だが、五日目を迎えてようやく終わる気配をみせていた。

想定していた以上に庭が広く、荒れ方も酷かったのと、台風の影響が遅れの原因だった。

「昨日、先生と話をしたんじゃないのか？」

すっきりと晴れた秋晴れの空の下、伯父が離れの貴悠の部屋までやってくると、困った顔で溜息を吐く。

昨日、喜多川が訪ねてきたのは、伯父が手引きしたのだとはじめて気づいた。

「勝手ばっかり言って、ホント……悪いって思ってます」

喜多川といろいろ話をして、貴悠なりに一晩考えてみた。

けれど、悩みはどんどん膨らむばっかりで、納得できる答えが導き出せなかったのだ。

「明日からの仕事は、ちゃんと出るから……」

「ん、そうか」

伯父は何か言いたげな顔をしたが、近所の独居老人宅の庭の手入れをするよう指示を残して、皆と出かけていった。

植智造園が地区の独居老人向けに簡単な庭の手入れをするサービスを始めたのは、昨年の夏のこと。

今月は数件の依頼が入っていて、手の空いた職人が交代で作業に出向いていた。難しい刈り込みなどは行わず、草抜きや簡単な剪定をする程度だったので、貴悠も何度か一人でこの仕事をしたことがある。

この日の依頼は植智造園のすぐ裏に暮らす、貴悠も顔馴染みの老婦人からの依頼だった。二坪ほどの小さな庭の作業は一時間もかからずに終わってしまい、貴悠は昼前に会社に戻った。

「……はぁ」

母屋にある事務所で報告書をまとめながら、貴悠は溜息を漏らす。

『アラフォーのオッサンが、遊び半分で男のケツ追っかけると思ってンの？　なあ、こう見えて必死なんだ』

風邪気味の喜多川に、今まで見たことがない真剣な表情で告げられた言葉が、作業中もずっと頭から離れなかった。

あの言葉を、喜多川の想いを、本当に信じていいのだろうか？

冗談みたいな出会い方をしたあの風変わりな作家に、心が惹かれている現実を貴悠はもう否定できなかった。

理想の声で毎日のように口説かれ、激しい感情をぶつけられ、ここ数日、夢でも見ているんじゃないかとさえ思って過ごした。

おまけに昨日は危ないところを助けられ、少女漫画の主人公みたいに胸がときめいてしまったのだ。

「好きになっても……おかしくない、よな？」

仕方がないんだと思い込むことで、自分自身を納得させなければならないくらい、喜多川への想いを受け入れるのが、怖い――。

何より、喜多川が自分に向ける好意が、恐ろしかった。

『俺の本気を疑うのだけはやめてくれ』

喜多川には、申し訳ないとすら思っている。

貴悠の尻に執着しているけど、それだけじゃないと言ってくれた。その気持ちが嘘じゃないってことも、ちゃんと分かっている。

おかしな男だと思うし、尻への情熱には白けてしまう。

だが、喜多川は上辺だけを取り繕うような、嘘を吐く男じゃない。

貴悠がどれだけ拒絶して、冷たく突き放しても、呆れるくらいの熱量をもって真正面からぶつかってきてくれた。

喜多川が、好きだ。

もう、どうしようもないくらいに、好きになってしまっている。

声だけじゃない。

暑苦しいくらい積極的なところも、馬鹿みたいに正直なところも、全部、好きだ。

喜多川の気持ちに応えたい。

……そう思う。

ただ、どうすればいいのかが、貴悠には分からない。

自分も好きだと、素直に打ち明ければいいのだろうか。

そうすれば、何もかも上手くいくのだろうか？

もし上手くいったとしても、失うことを考えると、どうしようもなく怖い。

喜多川に指摘されたとおり、たった一度の恋の失敗が、貴悠を立ち竦ませていた。

「……くそ」

優柔不断で、臆病な自分が、心底嫌になる。

喜多川が好きなのに、応えればいいだけだと分かっているのに、手を伸ばせないのが苦しい。

――オレ自身の、問題なんだ……。

一歩。

たった一歩でいい。

踏み出す勇気が、欲しかった。

昼になる頃だった。

昨日に引き続き、貴悠が裏庭で植木たちの手入れをしていたとき、カーゴパンツの尻ポケットに入れていた携帯電話が鳴った。

「もしもし？」

液晶画面に伯父の名前を認め、どうしたのだろうと首を傾《かし》げつつ電話に出る。

『貴悠、悪いが脚立持ってきてくれねぇか』

聞けば、持ち込んだ脚立の開き止め金具が壊れてしまい、使うのが危険な状態だという。

『一人が支えときゃなんとかなるんだが、人手が足りないのにそんな悠長なことしていられなくてな』

自分が無理を言って休ませてもらったせいで、こんな形で迷惑をかけるとは思ってもいなかった。

「分かりました。すぐ、持っていきます。何尺にしますか？」

伯父に頼まれる前に事情を把握して問い返す。

『悪いな、貴悠。六尺の新しいのがあったろ？　アレでいい』

「はい」

『着く頃に杉山、表に立たせとく。渡してくれたら、すぐに帰っていいからな』

伯父の気遣いが、ありがたかった。

「すぐ、行きます」

電話を切ると、貴悠は急いで支度に取りかかった。

軽トラックに脚立を積み込んで喜多川邸に到着すると、約束どおり杉山が表で待っていてくれた。

「おう、ご苦労さん！」

杉山に庭や作業の進み具合を簡単に聞いて、脚立を渡す。

そうして軽トラックの運転席に乗り込もうとしたとき、玄関の引き戸がガラガラッと派手な音を立てて開いた。

「……っ」

ハッとして振り向くと、玄関から楠木が慌てた様子で飛び出してくる。

「あ、戸田くん！」

楠木は貴悠に気がつくと、何故だかホッとした表情を浮かべ駆け寄ってきた。

「いいところに来てくれた！　その格好だと、今日は仕事ってわけじゃないんだよな？」

「え、あの、脚立届けに来ただけで……」

「じゃあ、今、暇かね？」

早口で唾を飛ばしながら捲し立てられ、貴悠は気圧《けお》されつつ答えた。

「はあ、……まあ」

すると、楠木が「助かった！」と安堵の溜息を吐いた。

「悪いんだがな、戸田くん」

そう言って貴悠の肩に手を置くと、神妙な面持ちで見つめる。

「キタちゃん、風邪で寝込んじゃってるんだ。熱は下がったが、身体がだるいらしくて起き上がれねぇ。おまけに声が出なくてよ。一人で放っておけない状況なんだが、槙田さんも今日は休みで、俺も急用で社に戻らないといけねぇんだ」

「……え」

昨日、何度も咳き込んでいた喜多川を思い出す。すでに結構具合が悪そうだったが、そこまで酷い状態だったとは思っていなかった。

「で、悪いんだが、時間が許す限りで構わねぇ。キタちゃん、看ててやってくれないか？」

「は？」

楠木の言葉に、貴悠は耳を疑った。

「じゃ、頼むな！　奴は座敷の隣の部屋で寝てる。後で連絡入れるから！」

貴悠の肩をパンパンと叩くと、楠木は有無を言わさず駆け出した。

「え、ちょっ……楠木さん！」

呼び止める声に、振り向きもしない。

「嘘だろ……」

貴悠は楠木が駆け去った方を見つめ、しばらくの間茫然としていた。


「お邪魔……します」

玄関に入ると、貴悠は小さく呟いた。

縁側からしか喜多川の家の様子を知らないため、おそるおそる台所を抜け、廊下を歩く。

やがて座敷から続く茶の間に入ると、開け放たれた襖の向こうに、作業中の漆沢たちの姿が見えた。

「……っ」

咄嗟に襖の陰に身を潜める。なんとなく、見つかってはいけないような気がした。

——座敷の、隣って……。

楠木の言葉から、縁側で繋《つな》がった座敷の並びの一室を思い出す。

常に障子を開け放っていた座敷の隣の部屋は、日中も閉め切られていた。

「あれか」

ぼそりと呟くと、貴悠はタイミングを見計らってコソコソと茶の間を通り抜けた。

そして、ぴたりと襖を閉めた部屋の前に辿り着く。

邸内はしんと静まり返り、庭から漆沢たちの声が聞こえてくるばかりだ。

「……」

貴悠は襖の前で数秒、どうしたものかと立ち尽くした。

楠木は喜多川の熱は下がっていると言っていたが、起き上がれないほど酷い状態なら、自分がついていてもなんの役にも立たないように思う。

しかし、知らん顔して帰るわけにもいかず、意を決して襖に手をかけた。

「失礼……します」

そうーっと中の様子を窺いつつ、襖を開けていく。

薄明るい六畳間の真ん中で、喜多川が静かに寝息を立てていた。

貴悠はそっと中へ入って襖を閉めると、喜多川の足許近くへ腰を下ろした。

——思ったより、落ち着いてる。

熱が下がったせいか、寝顔は安らかだ。

それでもときどき、小さく咳をする。

枕許にはお盆にのせた水差しとグラス、そして薬と愛用の眼鏡が置かれてあった。

そして盆の下に、メモ書きが一枚。そこには見蕩《みと》れるほどの達筆で「台所に粥《かゆ》あり」と書かれていた。

縁側に続く障子の向こうから、杉山が何か言っているのが聞こえる。

貴悠はじっと喜多川の寝顔を見つめた。

いつも何かと騒がしくしている印象の強い男が、黙って眠っているだけで不思議に思える。眼鏡をしていないのも新鮮だ。

雨に濡れて髪をオールバックに搔き上げているのを見たときにも思ったが、こうしていればそこそこの男前だ。

もう少し身ぎれいにしていればいいのに……と、フッと口許を綻ばせたとき——。

「……ッケホ、ゴホッ……ゴホンッ」

喜多川が激しく咳き込んだ。

「あっ」

貴悠は慌てて枕許に近寄ると、横を向き背中を丸めて咳き込む喜多川の背中を摩ってやった。

「ゲホ、ゲホッ……。ぁ……ぅい、みず……って……」

苦しげに呻《うめ》くのを聞いて、急いでグラスに水を注ぐ。

声が出ないというのは本当らしい。

喜多川の声は酷く嗄《しゃが》れ、辛うじて絞り出しても掠れて聞き取り難かった。

「ほら、身体起こして」

グラスを手に喜多川の身体を支え起こしてやる。

「……え？」

すると、喜多川がゆっくりと顔を上げ、貴悠の顔を見つめた。

「……ん、で？」

疲れた表情で、目を見開く。

驚くその唇にグラスをあててやりながら、貴悠は静かに答えた。

「道具、届けに来たら、楠木さんに頼まれた」

言いながらグラスを傾ける。

喜多川が理解した様子で、水を少しずつ口に含む。

尖《とが》った喉仏がゆっくり動くのを認め、貴悠は少しだけホッとした。

水で潤したことで、喉が楽になったのだろう。

布団に横になった喜多川が、薄く笑って貴悠を見上げる。

「声、でな……どうで……い……ろ？」

いつも以上に掠れて低い声で訴えるのに、貴悠は首を左右に振ってみせた。

「……そんなこと、関係ない」

喜多川が「声の出ない自分などどうでもいいだろ」と言ったのが、何故かすぐ分かった。

「フッ……」

それなのに、喜多川は自嘲的な微笑みを浮かべる。

「だっ……ら、なんで……ょう来なか……ったんだ？」

昨日に引き続き、貴悠が仕事に現れなかったことを気にしているのだろう。

貴悠が黙ったままでいると、喜多川が顔を背けた。

その様子に、貴悠はふと、思いつく。

もしかしたら、この不遜《ふそん》な男なりに、昨日の告白を気に病んでいるのではないだろうか。

思いがけないアクシデントに気が昂《たかぶ》り、熱に浮かされ、熱く貴悠への想いを語ったことを、後悔しているのかもしれない。

もしくは、貴悠の答えが気になって落ち着かないのだろう。

そう考えると、喜多川のことが急にかわいらしく思えた。

貴悠は拗ねたように背中を向ける喜多川を見つめた。

「声が出なくたって、アンタっていう人間が変わるわけじゃないだろ」

告げると、喜多川が驚いた様子でこっちを向いた。

「っ……ももちゃ……？」

ああ、本当に。

嗄れて耳障りな声だと思う。

なのに少しも、嫌いになんてなれない。

「昼、食える？　楠木さん、お粥用意してくれてるって」

にこりと笑って訊ねると、喜多川が今にも泣き出しそうな顔で頷いた。

貴悠は「分かった」と短く告げ、台所に向かった。


漆沢たちに見つからないよう昼の支度をして、喜多川に粥を食べさせた。

そして薬を飲ませ、水分もしっかり摂らせる。

「……悪いな。仕事でもないのに、面倒かけて」

相変わらず酷い嗄れ声だったが、昼前と比べると見違えるほどまともに会話ができるようになった。

「無理に喋んなくてもいいよ。喉、痛いんだろ」

それでもやはり辛そうだ。

貴悠は片付けを済ませたら、早々に帰ろうと思った。自分がいたら、きっと喜多川は無理に話をしたり気を遣ったりして、休めないと思ったからだ。

「お好みの声じゃないと、聞きたくないって……？」

布団の上で起き上がり、喜多川が自虐的に微笑む。

貴悠は一瞬、ドキリとした。

——俺のケツにしか興味がないクセに……。

何度も喜多川に突きつけた自分の言葉が脳裏を過《よぎ》る。

「……あのさ」

今なら、喜多川に言われた言葉の意味が、よく分かった。

「自分で自分を卑下するな……って言ったの、アンタだろ」

言いながら、喜多川はずっとこんな気持ちでいたのかと、申し訳なくなった。

己の価値を認めてくれる人を平気で傷つけていたことに、今さらながらに気づかされる。

「さっきも言ったけど、声が変わったくらいで人の価値が変わるわけじゃない。だいたい、たかが風邪ひいて声が出ないくらいで、そんな情けない顔するなよ。アンタらしくない」

ムッとしつつ、茶碗《ちゃわん》や土鍋を盆にのせていく。

「……なんかあったの？　小桃ちゃん」

喜多川が驚くのも無理はない。

昨日まで、イヤだ、認めたくないだ、なんだのと、後ろ向きだった貴悠が、一八十度態度を変えたのだ。

眼鏡のない少し垂れ目がちの瞳《ひとみ》に見つめられると、気恥ずかしさを覚えた。

「オ、オレだって……いろいろ考えることもあるんだ」

ぶっきらぼうに言って、盆を手に立ち上がる。

さっさと片付けて帰ろう。

そう思って背中を向けると、喜多川に呼び止められた。

「なあ、小桃ちゃん」

適当にあしらって部屋を出ればいいと思うのに、貴悠は足を止めてしまった。

「な、なんだよ」

振り向きもせず、返事をする。

「あのさ」

すると、コホンと咳払いをして、喜多川が質問を投げかけてきた。

「昨日、なんで職人になったか聞いたら、答えてくれたけどさ。……あれ、本当はまだ続きがあるんだろう？」

「え……」

盆を摑んだ手に、知らず力が入った。Tシャツの背中に、汗がじわりと滲む。

自分が何を言ったか思い出そうとするが、どうしてかはっきりと思い浮かばない。

『……失敗しても、やり直せば、きちんと枝を伸ばして、花を咲かせてくれるから……』

あのとき、喜多川はどんな反応だったろう？

『それってさぁ、人も同じだって思わねぇか？』

貴悠は喉に激しい渇きを覚えた。

唾液を無理矢理嚥下して、記憶の引き出しを探る。

「……っ」

そのとき、喜多川がまるで助け舟を出すようなタイミングで、嗄れた声で呼びかけてきた。

「なあ、貴悠？」

名を呼ばれ、ハッとする。

「人は違う。平気で裏切る、嘘を吐く……。その続き、なんて言おうとしたんだ？」

盆の上で茶碗がカチャカチャと震えた。

外から、漆沢の大きな笑い声が聞こえてきた。

杉山が何かしきりと捲し立てている。

もうそろそろ、昼休憩も終わるはずだ。

「かわりに、言ってやろうか」

長い沈黙の後、黙り込んだ貴悠を見かねたのか、喜多川が溜息交じりに言った。

「人は平気で裏切る、嘘を吐く。それに……失ったら、取り戻せない」

「――っ！」

貴悠は愕然となった。

驚きのあまり肩越しに振り返り、喜多川を見つめる。

「なんで……分かるんだ」

すると、喜多川がくしゃりと笑った。

「こう見えて、売れっ子作家だからな」

貴悠は素直に、敵《かな》わないな……と思った。

「お前は誰かを好きになって、相手に裏切られるのが怖いんだ。……違うか？」

やはり、無理をしているのだろう。

喜多川の嗄れ声がどんどん掠れていく。

「なんだ。声も出ないって、顔だな」

そう言って笑ったかと思うと、すぐに二、三度、咳き込んだ。

「む、無理……するなよ」

盆を手にしたまま、喜多川のそばへ膝をついた。

胸を掻き毟《むし》りたくなるような、焦燥とも苛立ちともつかない感情が、貴悠を包み込む。

「平気だってば」

そう言って笑った喜多川の目尻には、いくつもの笑い皺が刻まれていた。

強がって浮かべたクシャクシャの笑顔を、貴悠は愛しいと感じる。

どうしてこの男は、こんなに自分を想ってくれるのだろう。

最初から取り繕うこともなく、すべてを明け透けに曝《さら》け出し、まっすぐに貴悠を追いかけ続ける。

その心の強さに、貴悠はわけもなく惹かれた。

「……なあ」

この男になら、弱い自分をすべて晒《さら》しても大丈夫だろうか。

胸に大きな不安を抱きながらも、貴悠はなけなしの勇気を振り絞った。

「オレは……弱いから、傷つくのが怖い」

全身が震え、目に涙が浮かんだ。

「うん」

そんなみっともない貴悠を、喜多川が優しく見つめる。

「もう、傷つきたくない」

とうとう、涙が両目から零れ落ちた。

「うん」

堰《せき》を切ったように涙が溢れるのと同じように、貴悠の唇から言葉が零れ落ちる。

「ァ……アンタのこと信じてっ、後戻りできないくらい好きに……なってから、う、裏切られて……捨てられるかもしれないって……思うと、オレ――」

嗚咽で言葉にならなくなる。

小さな子供みたいに泣きじゃくる貴悠の頭を、喜多川が優しくぽんぽんと叩いてくれた。

「頼むから、泣かないでくれよ」

首を傾げ、苦笑する。

「うっ……だって、アンタが……っ」

優しくするから——と言おうとして、貴悠は布団の端に突っ伏した。

そうして嗚咽を嚙み殺しつつ、丸めた身体を震わせて泣きじゃくる。

すると頭上で、喜多川が大きく溜息を吐いた。

頭を撫でていた手で、今度は背中を静かに摩ってくれる。

「俺は、小桃ちゃんを泣かせたりしない。悲しい気持ちになる暇なんかないくらい、毎日、好きだって言い続ける。この声で——」

そこで喜多川が「あ」と少し間抜けな声を漏らした。

貴悠がそろりと顔を上げると、照れ臭そうに笑ってみせる。

「まあ、今は……こんなだけどなぁ」

ガサガサに嗄れた声。

少しもいい声だとは思わない。

それでも貴悠は、胸が高鳴るのを覚えた。

「ケホ……ッ」

軽く咳をして、喜多川が枕許のグラスに手を伸ばす。そして喉と唇を潤すと、自分から布団に横になった。

やはり、喉だけでなく身体中辛いのだろう。

「あの……オレ、そろそろ」

帰る——と言おうとしたとき、病人とは思えない素早さで喜多川が貴悠の手を摑んだ。

「……あ」

「もうちょっと……いてくれよ」

まだ熱っぽさを感じる手に、力がこもる。

貴悠は少しだけ逡巡《しゅんじゅん》した後、手にした盆を畳の上に置いた。

「ちょっとだけだからな」

素直に応えられないのは、もう性分だからどうしようもない。

「アンタ、病人なんだし。オレのせいで具合悪くなったって言われるの、イヤだし」

「嬉しいよ、小桃ちゃん」

もう少し喜多川の素直さを見習えたら、と思う。

喜多川は貴悠がそのまま胡座《あぐら》を掻くのを認めると、ようやく手を放してくれた。

「……てか、楠木さんに頼まれたって言ったよな？　どういうことだよ。今日は別の仕事だって社長が言ってたぞ」

天井を仰ぎ見て目を閉じ、深呼吸をひとつしてから喜多川が訊ねる。

「もしかして、やっぱり俺の顔なんか見たくなくて、避けられてんのかと思ってたんだけどな」

「……」

さすがにそのとおりだとは言えなくて、貴悠は黙り込むほかない。こういうときに上手い言い訳の言葉でも出てくればいいのだが、そんな器用さは持ち合わせていなかった。

「まあ、なんだっていいや。小桃ちゃんが看病してくれてるってだけで、風邪なんざパッと治っちまいそうだしなぁ」

ガラガラの声で何を調子のいいことを言っているのだろう。

「だから、あんまり喋んなって。声、また酷くなっても知らないからな」

すると喜多川が瞼を開き、顔をこちらへ向けた。

「いいじゃねぇか。今日でどうせ最後なんだ」

言われて、ドキリとする。

そうだった。

今日でこの家の庭の作業も終わる。

明日からは、また別の仕事場で新しい作業が始まるのだ。

もう、この古い家に来ることはないのだ。

「それに、今日の小桃ちゃんは、ちょっと優しいからなぁ」

嬉しそうに笑う喜多川に、貴悠は無理にいつもの調子を意識して言い返した。

「病人相手なんだから、仕方ないだろ」

なんだか妙な感じだ。

ほんの数日前は、最低最悪の出会い方をした相手と、こんなふうに過ごすなんて思ってもいなかった。

「じゃあ、その優しさにつけ込んでもいいか？」

「……は？」

何を言いだすのかと眉間に皺を寄せる。

すると喜多川が至極真面目な顔で言った。

「一生のお願いだ。こっちにお尻向けてくんないか？　あ、お触りは禁止で構わないから」

「な、な……っ」

貴悠は声を失った。

胡座を掻いたまま、わなわなと全身を震わせる。

しんみりとした空気を漂わせておいて、結局この男は最後までケツが目当てなのか。

「アンタ……やっぱり、ケツしか興味が……」

込み上げる怒りに任せて怒鳴りつけようとしたとき、再び、喜多川が右手を伸ばしてきた。

「怒るなよ、冗談だろ。……まあ、九割は本気だけどな」

ぎゅっと、大きな手で膝頭を摑まれる。

「嘘だよ。笑ってる顔、見たかっただけだ」

少しやつれて見える顔を綻ばせ、喜多川がもう一度「怒るなって」と言った。

不意に。

貴悠は鼻の奥がツンとなるのを感じた。

「だ、だったら最初から、そう言えばいいだろっ」

どうして涙が出そうになるのか、分からない。

「いやぁ、だって出会ったきっかけが、その見事な小尻だったしよ」

「……意味、分かんねぇ」

スン、と小さく洟《はな》を啜ると、貴悠は喜多川の手に自分の手を重ねた。

「小桃ちゃ……」

喜多川が驚きに目を見開く。

「うるせぇ」

気恥ずかしさに顔が赤くなるのを感じながら、貴悠はきゅっと唇を嚙み締めた。

そうして、「よし」と胸の中で気合いを入れると、無理矢理、口角を引き上げる。

「……あ」

喜多川の目が、さらに大きく、丸くなった。

少しだけ歯を見せるように口を開き、目を細め、眉尻《まゆじり》を下げてみせる。

眉間が引き攣《つ》るような違和感を覚え、そういえば最近、笑ったことなんかなかったと気づいた。

ちゃんと、笑えているだろうか……。

強張った笑顔は、ほんの数秒しかもたなかった。

「気が済んだかよ」

パッと重ねていた手を放し、頬の筋肉を解《ほぐ》しながら言い捨てる。

喜多川は終始驚いた様子で、貴悠を見つめていた。

「……あ、ああ」

少ししてようやく声を発すると、嗄れ声で続ける。

「やっぱり俺は、小桃ちゃんが……貴悠が好きだ」

突然の告白に、今度は貴悠が目を瞠る。

「……っ」

あまりにも急過ぎて、ぽかんと口を開けたまま、ただ喜多川を見つめることしかできない。

そんな貴悠に、喜多川が穏やかに微笑みかける。

「なあ、貴悠。どれだけ時間がかかってもいいから、俺のこと、ちゃんと考えてくれないか？」

今までになく真剣で、切ない表情だった。

「俺の気持ちだけじゃなくて、お前の気持ちがきちんと固まるまで、いつまでだって待つ。

もちろん俺も、この声だけじゃなく、俺自身を貴悠に好いてもらえるよう努力する」

嗄れて掠れた声が、少し震えて聞こえるのは、気のせいだろうか。

「あと……あれだ。お前が読んでみたいって思うような、話を書いてみせるから」

今さら、置いていった本はもうとっくに全部読んだ——なんて、言えない。

「だから、なあ……貴悠」

左膝を摑んだ手に、きつく力が込められた。

「逃げないで、一歩、踏み出しちゃくれないか」

「……あ」

掌から伝わる熱が、じわじわと貴悠の心に染みていく気がした。

「お前がちゃんと答え出してくれるのを、待ってるから」

喜多川の瞳いっぱいに溜《た》まった涙が、キラキラと光って見える。

「それと、これだけは覚えておいてくれ」

静かに、喜多川が手を放す。

「小桃ちゃんがおじいちゃんになって、お尻なんか皮と骨だけになっても、俺はずっと好きだよ」

喜多川の眦《まなじり》から涙が伝い落ちるよりも先に、貴悠の目から涙がボタボタと零れ落ちた。

「……ゴメンッ」

そう言うのが、精一杯だった。

頭が混乱して、咄嗟に喜多川の手を振り払い、立ち上がる。

「悪い。泣かせたいわけじゃなかったんだ」

喜多川が表情を曇らせる。さすがに疲れたみたいで、深呼吸を繰り返した。

「ち、ちがうっ……。オ、オレ……ッ」

何をどう伝えればいいのか、まったく分からない。

嬉しいのか、怖いのか、暑いのか、寒いのか。

ただ、この場にいると、息もできないくらい苦しくて、切ない――。

「小桃ちゃん……」

ケホッ……とひとつ咳をして、喜多川が告げる。

「引き止めて悪かったな。……もう、帰りな」

そう言って、目を閉じた。

――どう、しよう。

貴悠は黙って喜多川を見下ろしていた。

沈黙が、貴悠を責め立てる。

やがて、本当に息ができなくなりそうな気がしてきた。

そして、耐えきれなくなった貴悠はとうとう、喜多川の部屋を飛び出したのだった。

結局、貴悠はその後、喜多川の家を訪ねることができなかった。

『お前がちゃんと答え出してくれるのを、待ってるから』

淡々として、けれどそこはかとなく自信を漲《みなぎ》らせた喜多川の言葉に、甘えているのかもしれない。

答えは、もうとっくに出ているのだ。

けれど……。

――逃げないで、一歩、踏み出しちゃくれないか。

「クソ変態オヤジのくせに……簡単に言うなっての」

まったく、本当に喜多川には、何もかもお見通しだ。

「その一歩が……難しいんだよ」

自室で喜多川の本をパラパラとめくりながら、貴悠はぼそりと独りごつ。

言われなくても、それぐらいは分かっている。

分かっているけれど、できないから、こんなにも悩んでいるのだ。

「何か……きっかけがあれば、な」

臆病な自分でも、否応なしに足を踏み出さざるを得ない状況。

それさえあれば、自分は変わることができる。

一歩、踏み出せるに違いない。

すっかり高くなった秋晴れの空を見上げ、貴悠は縁側でごろりと庭を眺めると、喜多川の姿を思い浮かべた。

【後日＊イケボオヤジと小桃ちゃん】


喜多川邸の作業が終わって数日後の、午後のことだった。

「貴悠、出かけるぞ」

その日、貴悠は数日前から伯父に予定を空けておくよう言われていた。

「どこに行くんですか」

言われるまま、仕事用のトラックではなく、伯父の私用車であるセダンに乗り込む。

伯父は「まあ、楽しみにしてろ」と言って、行き先を教えてはくれなかった。

しかし、途中ターミナル駅へ寄って楠木と合流したところから、貴悠は今日の目的地がどこだか見当がついた。

「もしかして……喜多川先生のところですか？」

「そう、渋い顔するなよ。貴悠。お前、先生ンとこの庭、ちゃんと見てなかっただろう？」

後部座席でムッとして窓の外を眺める貴悠に、伯父が困った様子で言う。

「実は、あの庭がきれいになったら、キタちゃんの好きな酒を持ってくって約束しててなぁ」

助手席に乗り込んだ楠木が、少し薄くなった頭を撫でながら後ろを振り返る。駅で拾ったときに後部座席に積み込んだ荷物の中に、一升瓶《いっしょうびん》があった理由に合点がいった。

「戸田くんは知らなかっただろうけど、キタちゃん、ちょっと前から休筆してたんだ。だが、出版社としちゃ売れっ子の喜多川丸嗣《かんじ》の原稿が欲しい。それで、庭の手入れに託《かこ》つけて、いい酒と肴《さかな》を鼻先に吊って、奴に原稿書かせようって魂胆だったワケよ」

楠木が悪戯《いたずら》っぽい口調で事情を打ち明けるのを聞いて、貴悠ははじめて、喜多川が作家活動を休んでいたことを知った。

唖然とする貴悠に楠木がニコリと微笑んで小さく頷く。

「まあ、庭を手入れしたぐらいでご機嫌が直るかどうか分からんかったが、毎日見る景色が変われば人の心も変わっていくかと思ってな。だから、作家・喜多川丸嗣の復活まで、こちらも持久戦を覚悟してたんだがなぁ」

今日の楠木はいつにも増して饒舌だ。話すうちに気分が昂ってきたのか、頰がうっすらと上気している。

「けど、昨日、原稿が上がった……って、連絡してきやがったのさ！」

助手席の背もたれをバンバンと叩いて、楠木が顔をクシャクシャにする。

「……え、それってもしかして？」

貴悠が問い返すと、伯父が前を見たまま答えた。

「喜多川先生、この数日で一本書き上げたらしい」

心なしか、伯父の声も嬉しそうに聞こえる。

「それもこれも、小桃ちゃ……じゃない、戸田くんのお陰だ！　本当にありがとう！」

「……え、いや、意味分かんないんですけど」

楠木が助手席から何度も「ありがとう」と礼を言うが、まったく身に覚えがない。

「いやいや、今回のことは戸田くんがいなかったら、絶対に起こり得ない奇跡なんだ」

満面に喜色を浮かべる楠木にかわって、伯父がさりげなく補足してくれる。

「喜多川先生がやたらとお前に構うのを見て、楠木はちょっとした悪だくみを思いついたんだと」

「キタちゃんが他人に執着するなんて、滅多にないことでなぁ。戸田くんのこととなると、いままでにないくらいアグレッシブになる。そんなキタちゃんを見てたら、これは作家として、何より人として、ひと皮剝《む》けるチャンスじゃないか……。そう思って、戸田くんに悪いと思いつつ、奴を焚《た》きつけたのさ」

よほど嬉しいのだろう。

楠木がまったく悪びれもせずに種明かしをする。

その言葉から、貴悠は台風の夜にいきなり喜多川が訪ねてきたときのことを思い出した。

『だって楠木さんが、小桃ちゃんに俺のことを知ってもらうのが先だって……』

――アレって、そういうことだったのか。

驚きはしたが、楠木を責める気にはならない。

あの夜のことは、喜多川が作家として新たな一歩を踏み出すきっかけのひとつだったと分かったからだ。

そして同時に、今、喜多川の家に向かっている現状こそが、貴悠にとって一歩踏み出すきっかけじゃないのかと思った。

喜多川の家に着くと、貴悠は伯父と一緒に少し待っているように言われた。

すぐさま喜多川に会うのかと少し怯えていた貴悠は、こっそり胸を撫で下ろす。

「先に原稿もらってくるから」

車内で楠木から聞いたのだが、喜多川はパソコンを使って原稿を書いているが、データは必ず担当編集に手渡しすることにしているという。

「顔も見えない相手に自分の頭の中見られるのは、嫌なんだとよ。妙な理屈だよなあ」

なんとなく、喜多川らしいと思った。

きれいに刈り込まれた生け垣の向こう側に楠木が姿を消したとき、貴悠はふと、喜多川への手土産が置かれたままになっているのに気づいた。

「楠木さん、忘れてる」

運転席の伯父に告げるが「いいから、待ってろ」とだけ言って、ぷかぷかと煙草を吹かした。

やがて、二十分ほど経って、楠木が戻ってきた。

「待たせて済まなかったな」

上機嫌で助手席に乗り込んだかと思うと、後ろを振り返る。

「じゃ、次は戸田くんの番だ」

「は？」

何を言っているのかと、貴悠は目を瞬かせた。

「その差し入れ、お前さんが持っていってくれるか」

楠木の言葉に、伯父も振り返って頷く。

やはり、仕組まれていたのだ。

きっかけ——として完璧な筋書きを用意されていたなんて、まるで気づきもしなかった。

「俺からのご褒美に、戸田くんも含まれてるんだ。頼む。ここは俺の顔に免じて、あの変態オヤジに顔見せてやってくれ」

楠木が両手を合わせて貴悠に頭を下げた。

ここまでされては、さすがに断ることなどできない。

いよいよ、覚悟を決めるときがきた。

ここで逃げ出したら、きっとこの先一生、変わることができないだろう。

「分かりました」

貴悠は小さく言って、一升瓶を包んだ風呂敷と土産一式に手を伸ばした。

「ありがとう！　小桃ちゃん！」

満面の笑みで言ってから、楠木が「あ」という顔をする。

「今日だけ、許します」

ぎこちない微笑みを浮かべると、貴悠は伯父に目で頷き、車を降りた。


玄関前で、自身を落ち着かせるために何度も深呼吸した。

この中に連れ込まれ、人には決して言えないことをされたのが、思い出されたからだ。

あの日から、もう十日近く過ぎていた。

「……ここまで来て、怖《お》じ気づいてる場合じゃないだろ」

小さな声で自分を叱咤《しった》すると、貴悠はようやく、インターフォンのボタンを押した。

少しして、中から面倒臭そうな声が聞こえてくる。

「……はいよ、どちらサン？」

――ああ。

ガラスが嵌《は》め込まれた引き戸越しに聞こえた声に、貴悠は思わずうっとりとして目を閉じた。

最後に聞いたのは、風邪をひいて嗄れた声だった。

「今、開けるよ」

はじめて会ったとき耳に飛び込んできたのと同じ、少し掠れた甘い声に、もうすっかり元気になったのだとホッとする。

ガラガラッと引き戸が開くと同時に、深い藍色の着流し姿が目に飛び込んできた。

途端に心臓が早鐘を打つ。

「ハイハイ、お待たせし――」

一瞬、間があったのは、喜多川が視線を少し下げる必要があったからだろうか。

少し垂れ目がちの双眸を大きく見開き、喜多川が絶句する。

「えっと、お届けもの……です」

貴悠は精一杯の冗談を言って、手にした一升瓶を掲げてみせた。

「え、な……んで?」

まったく予想だにしていなかったのだろう。

喜多川は状況が理解できない様子で、目を白黒させている。

「楠木さんからの、お土産。脱稿祝い……とか言ってた」

勝手知ったるとばかりに、喜多川の脇をとおって中へ入る。

「え、楠木さん？　いや、確かにさっきまでいたけどさ……。は？　え?」

気が動転しているのか、喜多川は貴悠がスニーカーを脱いで家に上がっても、三和土《たたき》に茫然と立ったままだ。

「あと、完成した庭、ちゃんと見たくて……」

上がり框で振り返り、少しだけ喜多川より上からの目線を投げかけた。

「ちなみに、オレもその脱稿祝いってのに、含まれてるンだってさ」

「小……桃ちゃん」

喜多川が、ゴクリと喉を鳴らす。

「答え、多分、出た」

いつも見上げてばかりだった喜多川を見下ろして、貴悠は一歩踏み出す。

「アンタの声、ずっとそばで……聞いていたい」

そう言うと、貴悠は精一杯、笑ってみせた。

「……ったく！」

喜多川が玄関履きのサンダルを蹴《け》飛ばし、飛びかかるような勢いで貴悠に抱きついてくる。

「……ぅわっ！」

激しい衝撃とともに喜多川のひょろっと長い身体を抱き締め、勢いのまま後ろの壁にぶつかった。

「くそ、くそぅ！　なんてサイコーなプレゼントだ！　楠木さんめ！」

背中をしたたかに打ちつけたが、痛みなんか少しも感じない。

喜多川にきつく抱き締められ、その体温と耳許で聞こえる声だけが、貴悠を満たしていた。

「なんてことしてくれるんだ！　心臓止まるかと思っただろっ！　まったく……ホントに、びっくりさせんじゃねぇよ！」

喜多川が感情を爆発させる。

ぎゅうぎゅうと締めつけられ、貴悠は呼吸もままならなかった。

抱き返したくても、両手は手土産で塞がっていて、喜多川の好きにされるばかりだ。

「ああ、小桃ちゃん！　追っかけてみたり、待つって言ってみたりしたけどさ、正直俺は気が気じゃなかったんだ！」

一気に捲し立てて、喜多川がようやく腕の力を弱めてくれる。

「……はぁ」

貴悠は思いきり酸素を胸に吸い込むと、手にしていた一升瓶と土産の入った袋をそっと足許へ下ろした。

そして、顔を上向け、喜多川を見つめる。

「……アンタでも、そんな弱気になるんだ？」

「馬鹿野郎。俺より好きな声の男が出てくるんじゃないかって、フツーはそう思うだろ？　小桃ちゃんだってそういう気持ちだったんじゃないの？」

喜多川の言葉は、いちいち的を射ている。

貴悠は参ったなぁと瞼を伏せ「そうだな」と言った。

「けど、さっきも言ったとおり、オレの出した答えは……アンタだ」

一歩踏み出したことで、貴悠は少し胸が軽くなったような気がしていた。

喜多川への想いに対して、何故あそこまで頑なに認めようとしなかったのだろう。それが不思議で堪らない。

「だから言っただろ？　お前は俺の運命の小尻だって」

「まだ、ケツにこだわってンの？」

いい加減、尻じゃなくて自分だけを見てほしいと思うのは、我儘だろうか。

「小桃ちゃんだって、俺の声にさっきからニヤニヤしてるくせに」

「し、仕方ないだろっ！　これはもう……本能みたいなモンなんだから」

咄嗟に言い返すと、喜多川が意地悪げに目を細める。

「じゃあ、お互い様……ってことだ。違うか？」

小首を傾げるのに、貴悠は頷く以外にない。

「小尻好きの……変態と、オレが？」

けれど、言い負かされるような気がして、つい強がってしまう。

「声フェチの植木職人に言われたかぁねぇなぁ」

「……な、なんだと……」

対抗心を煽られて、キッと睨み上げる。

すると、不意に喜多川がふわりと穏やかな笑みを浮かべた。

突然の変化に虚を衝かれ、カッと込み上げた感情が行き場を失う。

その隙に、喜多川がそっと貴悠の耳許に顔を近づけた。

「そういう怒った顔も、堪らなく好きだぜ。小桃ちゃん」

「あ――」

左耳に乾いた唇が触れ、鼓膜が甘い声に震える。

鼓膜の震えは一瞬で全身に広がり、その衝撃と甘さに貴悠は堪えきれず膝を折った。

「ぅあ……っ」

「おっと！」

すかさず、喜多川が腰を支えてくれる。

頼りなく見えるくせに、意外としっかりした腕だった。

「ごめ……」

目の前に、喜多川の顔があった。

「心配すんなって、絶対に放したりしない」

鼓膜どころか心まで甘く蕩けさせる声で、貴悠の不安や傷をゆっくりと癒してくれる。

「お前が俺の声に飽きることはあっても、俺がお前の小尻に飽きることは死んだってねぇ」

「……結局、ケツ？」

呆れつつ、それでもいいかと思う。

「何が悪い」

神妙な顔つきで、喜多川は続けた。

「俺は嘘は吐かねぇ。神さん仏さんに誓う。絶対だ。約束する」

「……っ」

声が、出ない。

肌が粟立ち、胸がぎゅっと締めつけられる。

「だから、なあ？　言ってみなよ。小桃ちゃん」

喜多川が支えた腰をぐいと、引き寄せた。

「俺が好きだって……」

貴悠はそろそろと、喜多川の尖った肩に腕をまわした。

震えが止まらない唇を懸命に動かし、胸に溢れる想いを、喜多川への答えを、告げる。

「……オレッ」

「アンタが……好きだっ……。ほんとは……はじめて、会ったときから……っ」


玄関で押し倒されそうになったのを、貴悠は喜多川の脛《すね》を蹴り飛ばして拒否した。

喜多川は不満そうに舌打ちしたが、それでもすぐに気をとり直し、貴悠の手を引いて家の奥へ向かった。

「……ちょっ、まっ……待てってば！」

腕に抱き込まれ、身長差に任せて押し倒されたのは、障子を開け放った縁側だった。

「なんでイヤがんだよ、お前。庭を見に来たんだろ？」

いそいそと貴悠のシャツを捲り上げながら、喜多川が恍《とぼ》けてみせる。

「それとこれとは、話が……っ」

「いいじゃねぇか」

貴悠の声を遮るように、喜多川が耳許に囁いた。すかさず、大きく開かされた股の間に腰を進み入れ、覆い被《かぶ》さってくる。

「お前が手入れしてくれた庭の前で、俺の溢れんばかりの愛に溺《おぼ》れてデロデロのグチョグチョに蕩けまくりゃいいんだよ」

「へっ……変態！　エロオヤジッ！　気持ち悪いこと……言うなよ！」

貴悠は顔を真っ赤にして叫ぶ。

甘い言葉を囁かれることに、まるで慣れていなかった。

しかも貴悠にとっては絶世の美声で、だ。

「俺だってびっくりだよ。自分の口からこんな下品でエロい台詞が出るなんて……」

喜多川が苦笑しつつも、さわさわと脇腹を撫でてくる。

「だっ……たら、黙ってろよっ……あ、あっ」

「馬鹿言うな。俺の声が好きなんだろ？　好きなだけ聞かせてやるからさ、俺の声でメロメロになるトコ、見せてくれよ……な？」

「ば、馬鹿じゃね……」

恥ずかしい台詞ばかり耳許に囁かれて、堪らず顔を背けた。

その隙に、左耳をべろりと舐められる。

「ヒィ……ッ」

ぴちゃっとかすかに湿った音を立てて、執拗《しつよう》に耳朶を嬲《なぶ》りながら、喜多川が器用にジーンズのジッパーを下ろしていく。

「あ、あっ……」

「こら、腰引くなって」

下着の上から股間を撫でられ、板の上をズルズルと下がって逃げるが、すぐに引き戻された。

「怖がらなくても、ずっと喋っててやるから」

喜多川が股間や下肢を弄る手はそのままに、貴悠の腰を抱いて耳や顳かみ、額へとキスを落としていく。

「で、でもっ……」

貴悠の胸を、今となっては些細《ささい》な……けれど確かな不安が過った。

「アンタ……男と……」

喜多川は、ゲイじゃないはずだ。

「いいから黙ってろ。そんな野暮なこと気にするな」

貴悠の心配を一蹴《いっしゅう》し、いったいどこから来るのかと不思議に思うくらいの余裕を見せつける。

「さっきも言っただろ？　デロデロのグチョグチョにしてやるって」

「……そ、そこまでしなくても……いいっ」

いったい何をされるのだろうと思うと、また別の不安が込み上げてきた。

そうでなくても、喜多川の声を聞いているだけで、身体が熱くなる。

「遠慮するな。……ほら、ココは期待にパンパンに膨らんでる」

「アァ……ッ！」

ぎゅ、と。

喜多川が下着越しに貴悠のペニスを握った。

「相変わらず、感じやすいなぁ」

感心しながら、やわやわと性器を刺激しつつ、小刻みに喘ぐ貴悠にキスの雨を降らせる。

「んっ……あ、ああ……やめっ……ろってばぁ」

イヤイヤと首を振ると、視界に澄んだ秋晴れの空が映った。

濃い緑をたたえた常緑樹とのコントラストに、一瞬、貴悠は目を奪われる。

「こら、よそ見しない！」

庭を見せながら行為に及ぼうと考えていたくせに、喜多川が怒声とともに貴悠の顎を摑んで自分の方へ顔を向けさせる。

「俺の声に感じてるエロい顔、しっかり見せてくれ」

青空から一瞬で切り替わった視界に、情欲をまとった雄がその姿を見せつけた。

「あ……」

喜多川の声にあからさまな色香を感じて、貴悠の肌の上を快感の波が駆け抜ける。

「イイ、顔だ」

うっとりとなったところを褒められると、それだけで嬉しい。

「だが、これからもっとエロい顔、見せてもらうからな。小桃ちゃん！」

ニヤリ、と白い歯を見せたかと思うと、喜多川は一気に貴悠の腰を抱え上げた。

「……ああっ！」

次の瞬間、ずるっと尻から腰、腿《もも》にかけて摩擦を感じ、唖然とする。

「はい、至上の小尻ちゃん。こんにちは〜！」

「……え、え？」

腰を高く掲げ、足をしっかと支えられながら、一瞬で尻を剝き出しにされていた。

背中から肩、頭だけが縁側に触れた、まるでヨガのポーズみたいな姿勢に、息苦しさと羞恥を覚える。

「い、やだっ……なんで、こんな……っ」

顔を真っ赤にして叫んでも、膝を両足まとめて喜多川に抱えられ、まともに暴れることすらできない。

「い～い眺めだ。ホント、貴悠の尻は世界最高の小尻だなぁ」

足を抱えて尻を覗き込む喜多川に、貴悠は色気の欠片もない罵声《ばせい》を浴びせる。

「……こ、この、変態オヤジ！　スケベ野郎！　放せってば！」

懸命に力を振り絞って足をばたつかせるが、腰まで宙に浮いた状態のせいで、あまり激しく動かせなかった。

「あのな、貴悠……」

右腕で抱えた足に唇を寄せ、左手でそろりと剝き出しの尻を撫でながら、喜多川が溜息交じりに零す。

「お前だって結構な変態だろ？　ちょっと触っただけで、おちんちんパンパンのカッチカチじゃねぇか」

「――ッ！」

言葉にならない羞恥に晒され、貴悠は思わず両手で顔を覆った。

いったいどうして、こんなエロオヤジなんか好きになってしまったのだろう。

「おいおい、頭隠して尻隠さず――なんて、かわいらしいことすんなよ。もっと虐《いじ》めてやりしい身体は快感を貪《むさぼ》る。

「馬鹿！　もう喋んな！」

いっそ消えてしまいたい。

そう思うのに、喜多川がいやらしい言葉を口にするたび、貴悠の鼓膜は歓喜に震え、浅ましい身体は快感を貪《むさぼ》る。

「嘘言うなよ。俺の声が好きで好きで、堪らねえんだろ？」

尻の丸みを確かめるように掌で撫でつつ、喜多川が膝にキスをする。

「なあ、貴悠。今だけは……誰もいない今だけなら、俺の声、独り占めだ」

「……っ」

馬鹿馬鹿しく思える甘言を、けれど貴悠は無視できない。

「オレだけ……？」

そっと顔を覆っていた手をずらし、喜多川の表情を窺う。

すると、喜多川がレンズの向こうの目を細め、「ああ」と言って頷いた。

「お前だけのモンだよ。この声も、身体も……そして、心も――」

「あ……」

全身がビリビリと電流が流れるみたいに震えた。

歓喜と感動に心臓が馬鹿みたいに跳ねて、目の奥がジンジンと疼き、涙が溢れる。

「泣くなって。これからもっとエロいことしようってのに」

「……馬鹿やろ……っ」

涙がいっぱい浮かんだ目で睨んでも、喜多川は嬉しそうに微笑むだけだった。


「あっ……あっ！　もぅ……もう、いいってさっき……から言って……っ」

縁側の上で四つ這いにされ、背後から尻を舐《ねぶ》られる。

貴悠はすっかり全裸に剝かれていた。

喜多川も帯を解き、着物をはだけさせて貴悠の尻にむしゃぶりついている。

驚いたことに、下着はつけていなかった。

その股間がどんな状態になっているのかは、貴悠にはまったく分からない。

「お前がよくても、俺がまだ満足できないんだよ」

白く丸い尻を、喜多川は手で触れ、舌で舐め上げ、唇を押しつけ、鼻先でくすぐりながら味わっている。

「ホントに、けしからん尻だな！　なんだよ、この白さ！　日焼けしたところとのギャップ、どうかしてんじゃねぇのかよ！」

喜多川の口調がおかしくなっているが、貴悠にはそんなことを気にする余裕もない。

「顔とか手なんか高校球児かってくらい日焼けしてんのに、本体は絹ごし豆腐って……まったくもってけしからん！」

喜多川は、貴悠の日焼け痕《あと》がくっきりついた身体に、酷く興奮していた。

尻を抱え込み、さわさわと手で撫でたかと思うと、口を近づけて軽く歯を立てたりする。

「あっ……、あぅ……んあ、やだ……前も触って——」

最初に下着の上から触れられたきり、放ったらかしにされたペニスが、腹の下で切なく涙を零していた。

自分で触れようとしても、その都度、喜多川に「イタズラ禁止」と言われて手を払われる。貴悠が恥を忍んで懇願しても「もうちょっと後で」などと言って少しも触れてくれない。

「俺の声だけで、気持ちいいんじゃないの？」

喜多川の施す愛撫《あいぶ》はほとんど尻に集中していた。

貴悠の尻を文字どおり愛《め》でながら、逐一感触などを説明して聞かせるのだ。

「ちがっ……そんなの、無理っ……」

「……嘘ぉ？　だってアイツが……」

何か言いかけるが、ふと口を噤んで言い直す。

「いや……俺が見たいの。小桃ちゃんが大好きな俺の声だけで、気持ちよくなって射精するところをさ」

「……こ、の……ヘンタイッ」

本当に、腹が立ってくる。

それなのに、気持ちがいいなんて、頭がどんどん変になっているに違いない。

「貴悠、さっきからそればっかりだな」

喜多川が楽しそうに笑い、右の尻朶にきつく吸いついた。

「う、んン……ッ」

ピリッとした軽い痛みに奥歯を噛み締めた直後、貴悠は続けざまに尻に激しい痛みを覚えた。

「イ、タ――ッ」

喜多川が、尻を噛んだのだ。

「ヤバい」

背後から低く唸る声が聞こえる。

「……ウマい、かも」

ゴクリと喉を鳴らす音まで聞こえた気がして、貴悠は咄嗟に背後を振り返った。

「や、な……なにっ」

不意の不安に怯えた表情を浮かべると、喜多川が尻から顔を離す。

「そんな怖がらなくてもいいって。貴悠の気持ちいいことしかしないから」

「……でもっ」

貴悠は唇を尖らせ、責めるように喜多川を見つめた。

さっきからもうずっと、確かに快感だけを与えられている。

けれど、これでもかとばかりの焦《じ》れったい愛撫に、いろんなことが限界を迎えつつあった。

「そんな泣き出しそうな顔するなよ」

ゼイゼイと背中を上下させて喘ぐ貴悠に、喜多川が身体を伸び上がらせて囁きかける。

「あ」

汗ばんだ背中に、喜多川の胸が重なった。

着物を羽織った状態で貴悠の背に覆い被さり、肩越しに甘く囁く。

「物足りないんだろ？」

そのとき。

「……あ！」

散々嬲られた尻の谷間に、熱くて硬い肉の塊が触れた。

「俺もさ……さっきから、辛くって、辛くって……」

冗談めかしているが、尻に触れた喜多川の欲望の熱さから、それが真実だということが伝わってくる。

手で触れなくても分かるくらい、幹に浮き立った血管がドクドクと脈打ち、張り裂けんばかりの衝動に震えていた。

「分かるか？」

「う、う……ん」

胸をそろりと弄られ、答える声が上擦った。

喜多川は小さな胸の突起を摘《つま》みながら、ゆるゆると腰を動かし始める。

「あっ……あっ……熱い、すご……い」

太くて硬い性器の圧倒的な存在感に、貴悠はあられもなく声をあげた。

いまだに満たされない身体が、喜多川を求めてざわざわと震える。

腹につくほど反り返った貴悠のペニスから、夥しい量の先走りが滴り落ちた。

「いきなり突っ込むわけにいかないからな」

腰の動きはそのままに、喜多川が触れ合った腰の間に手を潜り込ませる。

「ああっ！　ぁ……ん、ぅ……ああっ……！」

どちらのものか分からないぬめりをまとった指が、にゅるり、と尻に潜り込んできた。

「うっ……」

窄《すぼ》まりを引き伸ばされる痛みと、腹の内を抉られる圧迫感に、勝手に身体が逃げをうつ。

「いい子だから、じっとしてな」

「……あ、う……うん」

背後から優しく宥められると、その声にも貴悠の身体は反応した。

背筋が痺れ、吐息が漏れる。

やがて喜多川が貴悠の呼吸に合わせて、ゆっくりと指を抜き差し始めた。

何本の指が入っているのかは分からないが、長さだけは異様にはっきりと感じとれた。

節くれ立った長い指が奥を抉るたびに、貴悠のもっとも弱くてイイところを突くからだ。

「あっ……ああっ、いぃっ……そこ、奥……奥っ……」

「あんまりかわいい声で啼くなよ。……抑えが利かなくなるだろう……が」

重なった肌が、汗でぬめる。

喜多川の身体も熱くなっていた。

肩越しに聞こえる息遣いも、随分と忙しい。

「……てか、もう……限界っ」

低く上擦った声を聞いたと思うと、腹を内側から弄っていた指が一気に引き抜かれた。

「ひぁ……んっ」

甲高い嬌声を放ち、背を仰け反らせたところを、喜多川が濡れた手でしっかと腰を摑んだ。

「悪い、小桃ちゃん。……堪えてくれよ……っ」

みっともなく余裕のない喜多川の声に、返事をする間もない。

「――――ッ！」

喜多川の指が薄い肉に食い込むのを感じた直後、腹を内側から割かれるような痛みに襲われた。

苦痛に、貴悠は縁側に爪《つめ》を立てた。

「バ、カ……ッ。ゆっく……り……」

遠慮も容赦もない挿入に、目の奥がカッと赤くなり、息をするのも辛くなる。

しかし、辛いのは貴悠だけではなかった。

「ンッ……く」

喜多川が息を詰まらせ、腰を小さく揺する。

切なげに息を喘がせては、両手で摑んだ貴悠の腰を何度も抱え直した。

「せ、ま……過ぎだって……力、抜け……っ」

言いながらも、貴悠に反応する余裕を与えてはくれない。

「だか、ら……ッ、待ってって……あ、あっ……っ！」

膝から腰にかけての感覚が、酷く曖昧だった。

重くて、痛くて、怠い。

なのに、喜多川を突き立てられた尻の狭間《はざま》だけは、熱くどろりとした快感を貴悠に伝えてきた。

「ごめんっ……貴悠っ」

いよいよ我慢できないといった声で、喜多川が名前を呼ぶ。

「ちょっと……感動し過ぎて、これ以上は……無理っ」

そう言ったかと思うと、突然、貴悠は腕を掴まれ、身体を引き起こされた。

「アア――ッ！」

嬌声だか悲鳴だか分からないような声が、貴悠の口から迸《ほとばし》る。

一気に最奥《さいおう》までを穿《うが》たれ、貴悠はその瞬間、絶頂を自覚するよりも早く、射精していた。

「クソッ」

腕を解くと同時に背後からきつく抱き締められる。

「なんでっ……こんな、イイ……んだっ」

喜多川が耳許で切なく喘ぐ。

「貴……はるっ……。好きだ……好きだっ」

律動を開始するとともに、喜多川が切なげに貴悠の名を呼び求めた。パンパンと貴悠の尻に腰を叩きつけながら、細いがそれなりに筋肉をまとった身体を掻き抱く。

「堪んね……ぇ。もぉ……なんだってこんな、かわいいんだよっ……」

運命を感じた声に名を呼ばれ、弱気な自分の腕を引いてくれた手に抱かれ、貴悠は快感と幸福に酔い痴《し》れた。

絶え間なく与えられる律動と、奥を突かれ、窄まり付近を擦られる快感に、再びペニスが天を仰ぐ。

「あ、あっ……や、またっ……あ、んあっ……」

気持ちがいい。

嬉しい。

「貴悠っ……」

喜多川の声から、いよいよ余裕がなくなる。

掻き抱く腕が、まるで貴悠に縋るようだ。

「出したい……お前ン中、……尻も、身体も……全部、俺のモノだって――」

耳をしゃぶり、項《うなじ》に噛みつきながら、喜多川が許しを請う。

「いい……、いいからっ」

貴悠ももう、限界だった。

身体中、喜多川の声に満たされ、快楽に包まれ、これが幸福だと叩き込まれる。

「好き……っ」

肩越しに振り返り、眼鏡をずらして必死に絶頂を追いかける男に、微笑んでやる。

「全部、アンタのモノに……していい――」

「……クソッ」

喜多川が一瞬、苦笑した。

そして、強引に貴悠の顔を引き寄せ、唇を重ねる。

互いに息を弾ませながらの、みっともないキス。

けれど、貴悠ははじめて交わす喜多川との口付けに、言葉にならない愛情を感じた。

「……ゴメンな。次は……もっとちゃんと、優しく……抱くからっ」

唇を解き、喜多川が最後を求め、激しく腰を叩きつける。

「アッ……んあっ、ふあ……や、また……イク……ッ」

「ああ、一緒に……イこう」

熱のこもった声で促された、直後――。

「ンんっ――ッ！」

貴悠は二度目の絶頂を迎えた。

そしてほぼ同時に、腹の中で喜多川が欲望を解き放つのを感じたのだった。


身体のあちこちの痛みと、床の硬さに違和感を覚え、貴悠は静かに目を覚ました。

「……え？」

いつの間に眠り込んでしまったのだろう。身体には大きなタオルケットがかけられている。

あたりはすっかり暗くなっていて、何げなく見上げた空にほぼまん丸に近い月が浮かんでいた。

「お、目が覚めたか？」

ふと、心に響く声がする方を見やると、喜多川が着物をきちんと身につけ、縁側に腰かけていた。

「身体、大丈夫か？」

穏やかな表情で訊ねられ、貴悠はコクンと頷いた。

ときどき吹き抜ける風が、癖のある喜多川の髪を揺らす。

「悪かったな。……いい年して、いろいろ我慢が利かなくてよ」

苦笑交じりに謝るのが、なんだかとても愛らしく思える。

「なあ、いい庭だろ？」

そう言って、喜多川が貴悠を促すように庭に視線を流した。

貴悠は気怠い身体をゆっくりと起こすと、縁側の向こうに広がる庭を見た。

「……あ」

月明かりに照らされた、整然とした美しい庭の佇《たたず》まいに、息を呑む。

「ちゃんとした姿を見るのは、何年ぶりだろうな」

喜多川が話す声にうっとりと耳を傾けながら、貴悠は庭の木々や石をひとつひとつ確かめていく。

梨本に指導を受けながら【玉散らし】に仕立てた松も、違和感なく庭に溶け込んでいた。

嬉しいと思うよりも、最後までこの庭の仕事をやり遂げられなかったことに後悔を覚える。

「なあ、貴悠……」

名を呼ばれ、くすぐったく思いつつ、顔を向ける。

視線が絡むと、喜多川がすぐにくしゃりと笑った。

「ものは相談なんだがよ」

「うん」

タオルケットを身体に巻きつけ、のたのたと喜多川に近づき、隣に腰かける。

「この庭、定期的に手入れしに来てくれないか？　もちろん、ちゃんと社長にも相談するけどな」

思いがけない申し出に、貴悠はきょとんとしてしまう。

「おい、ちゃんと聞いてるか？」

「え、あ、うん」

あまりにも嬉し過ぎて、実感がなかなか湧いてこない。

「まだ貴悠の腕じゃ、持て余すかもしれねぇが、生まれ変わったこの庭と一緒に育っていけばいいんじゃないか？」

まっすぐに揺るぎない愛情をたたえ、喜多川が見つめる。

貴悠はその声に心を震わせながら、愛しい男を見つめ返した。

「うん、ありがとう」

一歩、また新たに踏み出す。

「一生かけて、この庭を守っていく……」

そう言って、自ら腕を伸ばし、喜多川の薄っぺらい身体を抱き締めた。


母屋の縁側から南に広がる庭は百坪以上の広さを有し、背後に続く山の斜面を利用して雄大な景色を描いていた。

池泉廻遊式の庭には、松や楓《かえで》、紅葉、槙やヒバなど姿や彩りを楽しめる木や、複数種の桜をはじめ、椿《つばき》やツツジ、紫陽花《あじさい》や金木犀《きんもくせい》といった花を愛でられる木々が植えられている。

有名な寺社仏閣の庭園に比べることはできないが、個人の庭でこれほどのものはそうないだろう。

漆沢は手入れを施した池に鯉《こい》を放ち、すっかり枯れてしまった苔《こけ》も入れ替え、昔の姿を見事に再現したのだった。

【エピローグ】

紅葉の見頃を迎えた、十一月の半ば過ぎのことだった。

貴悠が箒と竹製の屑籠《くずかご》を手に、庭を歩いてまわる。

喜多川は縁側に腰かけて、その様子をぼんやりと眺めていた。

そろそろ葉を落とし始める木も多く、貴悠は落ち葉の片付けだけでも随分と時間がかかるようだった。

この庭がもとの姿を取り戻して以来、ときどき貴悠がやってきては、しっかりと手入れを施してくれている。

「なあ、小桃ちゃん」

喜多川は池の真ん中にかかった橋を渡っていた貴悠に呼びかけた。

貴悠は無言で、ちらっとこちらを見ただけで、作業を続ける。

相変わらず口数は少なく、言葉遣いも荒いが、それが貴悠にとってはふつうのことだった。

だから、喜多川も気にせず話を続けた。

たとえどんなに小さな声でも、貴悠がこの声を聞き逃すはずはないと知っている。

「もういっそのこと社長のトコのボロい離れなんか出て、ここで一緒に暮らさない？」

直後、貴悠が手にした箒を取り落とした。

「……え」

パッと顔を上げ、信じられないといった面持ちで喜多川を睨みつける。

その顔は、庭に植わった紅葉よりも赤い。

「ば、馬鹿じゃねぇの！　そんなこと……急に決められるはず、ないだろ……っ」

慌てて箒を拾い、ぷいとそっぽを向く貴悠に、それでも喜多川はしつこく言い縋った。

「よく考えてみろよ。お前の好きな木や花を、商売抜きに好きなだけ面倒みられるんだぞ」

貴悠が知らん顔しつつも、興味を持って聞いているのが喜多川にはよく分かった。

箒を持つ手が少しも動いていないからだ。

「それに、仕事に出かけてるとき以外、俺の声、ずぅーっと聞き放題だぜ？」

「……それは、そうだけど」

貴悠がちらりとこちらを見る。

喜多川は、これでもう九割九分九厘、話は決まったも同然と確信した。

「一緒に暮らすようになったら、俺は四六時中、お前の小尻……じゃなくて植木の世話してる姿を見ながら小説を書くんだ。な？　イイ考えだろ？」

えっへんと腕を組んで胸を反らしてみせると、貴悠が聞こえよがしに溜息を吐いた。

「まったく……」

もう頬の赤みはすっかり引いていて、ふだんの健康的な肌の色に戻っている。

じぃっと喜多川を睨んでいたかと思うと、貴悠がぼそりと吐き捨てた。

「……結局、ケツかよ」


それから数日後。

およそ二年ぶりになる喜多川丸嗣の新作が発売された。

かつての喜多川作品とは一線を画す——とこぞって評された新作は、意外にも現代ファンタジーだった。

現代の植木職人が、ある日突然、植物が人のように暮らす異世界へトリップしてしまう。原因不明の流行病《はやりやまい》と、天敵の虫に襲われ絶滅の一途《いっと》を辿《たど》るその世界を、植木職人が傷つきながら救うという、奇想天外な内容だった。

だがしかし、発売前に重版がかかる人気ぶりで、すぐさま若手俳優による映画化、スピンオフ作品のアニメ化が決まり、やはりベストセラーとなった。

作品のタイトルは『植木職人ピーチハニーは植物世界の救世主となるか⁉』

日本中の人が手にしたというこの作品を、貴悠だけは頑として読もうとしなかった。

溺愛ボイスのプロポーズ

東京郊外にある古い家の庭を定期的にメンテナンスするようになって、三カ月。

鯉口シャツに乗馬ズボンの上にブルゾンを重ねても、原付バイクで通うのが厳しい季節になっていた。

貴悠《たかはる》は通りに面した駐車スペースにバイクを停めると、山茶花《さざんか》の生け垣沿いに玄関へ向かった。そして、勝手知ったるとばかりに玄関の引き戸を開ける。

すると、予期せずスーツの背中に視界を塞がれた。

「おや、戸田《とだ》くん」

「あ……っ」

危うくぶつかりそうになって、貴悠ははっとして足を止める。

「今月は今日だったのか。毎月、ご苦労さんなこったねぇ」

にこやかに話しかけてくる楠木《くすのき》に挨拶しなくては……と思うが、咄嗟《とっさ》に目をそらし俯《うつむ》いてしまう。何度も会ううちに多少は慣れてきたが、今みたいに急に顔を合わせると気後れして言葉が出てこない。

しかしそれでも、掻き消えそうな声で「ど、どうも」とだけは言うことができた。

「戸田くんのお陰で、紅葉の時季は随分と楽しませてもらったよ」

「……はあ、どぅも」

この家の主でないにもかかわらず、長年放置されていた庭の手入れを依頼してきただけに、楠木にとっても思い入れがあったのだろう。

そんなことを思いつつ、貴悠は脳裏に浮かんだ疑問に小さく首を捻《ひね》った。

「あの……」

いったい何の用があって楠木はこの場にいるのだろう。

貴悠が怪訝《けげん》な目を向けると、楠木が少し驚いた様子で問いかけてくる。

「もしかして戸田くん、喜多川《きたがわ》から今日のこと聞いてなかったのかい？」

「え、今日って……何かあったんですか？」

作業日はあらかじめ決まっていて、連絡をもらわない限りは変更しない約束だった。

しかし、急遽、予定が変わったのなら、日を改めた方がいいかもしれない。

再び楠木の視線から逃げるように俯いたとき、家の奥から貴悠の鼓膜を悩ましく震わせる美声が聞こえてきた。

「楠木さんよぉ……。昼前に着きゃあいいんだろ？　何もこんな朝早くから……」

本能的に、声が聞こえた方に目が向く。

「――っ」

そうして、声の主を目にした瞬間、貴悠は愕然となった。声もなく目を見開き、長い前髪の隙間から上がり框《かまち》に立つ男を見つめる。

「おっ！　小桃ちゃん、来てたのか！」

この家の主である喜多川がパァッと目を輝かせ、立ち尽くす貴悠に手を上げて笑った。

「おい、キタちゃん。お前、戸田くんに今日のこと話してなかったんだって？　ったく、どうしようもねぇ野郎だな」

「今朝方、槙田《まきた》さんに叩き起こされるまで、俺だって忘れてたンだから仕方ねぇだろうがよ。……まったく、別に映画にしてくれなんて俺が頼んだワケでもねぇのに、なんでイチイチこんな格好して朝から駆り出されなきゃなんねぇんだよ」

ブツブツと文句を言いながら、それでも喜多川は出されてあった革靴に爪先を突っ込んでいる。

「今さら文句言うなよ、キタちゃん。ウチも映画の製作会社もココでこけるわけにはいかねぇんだ。察してくれ」

ごねる喜多川を楠木がいつもの調子で宥める。

その後ろで、貴悠は指先ひとつ動かせないまま、見慣れない格好をした喜多川を凝視した。

――え、何？　てか、冗談だろ？

頭の中にひたすら疑問符付きの台詞が飛び交う。

貴悠は瞬きするのも忘れて、喜多川を見つめ続けた。

これが、あの小汚いアラフォーオヤジだなんて、信じられない。

いつ見ても寝起きのままみたいに飛び跳ねている癖毛が、櫛目《くしめ》も麗しく整髪料で整えられていた。頬《ほお》や顎《あご》を無造作に覆っていた無精髭《ぶしょうひげ》もきれいに剃られて、少し痩けた頬のラインをすっきりと見せている。

何よりふだんと違うのは、今、喜多川が身に着けている服だ。

着古して袖口が伸びたスウェットの上下やトレーナーといった、冴えない服ばかり着ている喜多川しか、貴悠は知らない。

それが……。

――なっ、なんだってそんな……格好してんだよ。

喜多川は、細身のスリーピーススーツに痩身を包んでいた。渋いダークブラウンのジャケットの胸許には、深紅のチーフが覗いている。袖を通さず羽織っただけの黒いチェスターコートが粋な雰囲気を醸し出していた。

だらしない格好の喜多川ばかり目にしてきた貴悠は、ふだんとのギャップにただただ茫然とするほかなかったのだ。

「なんだ、小桃ちゃん」

すると、靴べらを使って革靴に踵《かかと》を押し込んだ喜多川が、貴悠の様子に気づいてニヤリと意地悪げな笑みを浮かべた。

「そんな鳩が豆鉄砲喰らったみたいな顔しちゃって、もしかして、俺様に見蕩《みと》れちゃってんのかなぁ？」

カツンと靴音を鳴らして、喜多川が目の前に歩み寄る。

「え、や、あの……っ」

不意を衝かれ、貴悠は思わず口籠《くちご》ってしまった。

息がかかるほどの距離で喜多川に問いかけられて、鼓動が高まり、息が詰まる。顔が一瞬で真っ赤に染まるのが嫌でも分かった。

「どうよ？　見違えただろ？」

少し身を屈めて貴悠に目線を合わせ、喜多川がレンズの奥の目を細めた。

直後、貴悠の鼻腔をかすかなフレグランスが掠《かす》める。

「あ」

一瞬、意識が遠のきそうになって、貴悠は慌てて両足を踏ん張った。

見蕩れた、とか、そんなレベルじゃない。

もともと造作のいい顔立ちだとは思っていたが、まさかココまでとは貴悠も思っていなかった。

苦み走った……とまではいかなくても、アラフォー男の色香を振りまき、貴悠が一瞬で心を奪われた声で話しかけられると、意識を繋ぎ止めるのがやっとの状態だ。

「なんだよ、もう！　小桃ちゃんたら真っ赤になっちゃって！」

突然、喜多川が大声をあげたかと思うと、乱暴に抱きついてきた。二人の足許に上等そうなコートがはらりと落ちる。

「えっ……え、ちょっと……！」

「熟れ熟れのトマトみたいじゃねぇの！　くそ、食っちまいたくなるだろぉ♡」

ぐいぐいと抱擁を深めようとする喜多川の腕を払いのけ、胸を押し返しつつ、貴悠はワタワタと後ずさった。

「は、放せよ、オッサン……ッ！」

上背では喜多川に負けているが、腕っぷしなら貴悠に分がある。

けれど、低く掠れた喜多川の声を耳にすると、意地も理性も自尊心すら一瞬で崩れ落ちてしまいそうになった。

「なんだよぉ、小桃ちゃん。俺のスーツ姿見て『きゃー、丸嗣《かんじ》カッコイー！　惚れ直しちゃったぁ♡』とか思ってたくせにぃ。相変わらず素直じゃねぇなぁ」

ツルツルの顎を右手で思いきり遠ざけてやっても、喜多川はニヤニヤとだらしない顔で嬉しそうにしている。

そのとき、表でクラクションが二回鳴り響いた。

「おーい、キタちゃん。車も来たようだし、そろそろ出かけねぇと打ち合わせに遅れるぞ」

黙って貴悠と喜多川が戯《じゃ》れ合うのを見ていた楠木におもむろに声をかけられ、二人してハッと我に返る。

「あ、あのっ……。すみません……っ」

羞恥のあまり玄関の隅で背中を丸める貴悠とは裏腹に、喜多川が恨めしそうに楠木を睨みつける。

「なんだよ、ったくよぉ」

「仲がいいのは喜ばしいことだがよ、お前さんたち二人とも仕事があんだろ？　ホラ、キタちゃんはさっさと出かける。で、戸田くんは作業始めて。何かあったら夕方までは槙田さんいるから」

「おい、押すなよ！　あ、小桃ちゃん！　俺が帰ってくるまで待ってろよ。絶対だぞ！　社長にもそう言って、今日は……」

楠木が落ちたコートを拾い上げ、ブツクサと文句を言っている喜多川の背を押しやった。

「ああ、もういいから！　お前はさっさと車に乗れって！」

ギャーギャーと喚《わめ》き立てる喜多川を先に玄関の外へ追いやると、楠木が溜息をひとつ吐いて振り返った。

「それから、戸田くん」

「は、い……？」

やっといたたまれない空気から解放されると安堵しかけた貴悠に、楠木が人の好《よ》さそうな笑みを向ける。

「昼過ぎにテレビでもやるから、見るといい」

「テレ……ビ?」

何を言われているのか、まるで分からない。

「映画の製作発表だよ、例の『ピーチハニー』のさ」

言われて、先月発売になった喜多川丸嗣の二年ぶりの新作が、すぐ映画化決定したことを思い出す。現代ファンタジーで植木職人を主人公にしたトンデモ設定な内容に、貴悠はまったく読む気になれないままでいた。

「久々にキタちゃんが公の場に顔出すってんで、かなり注目されて生中継が決まってさ。戸田くん、アイツの売れっ子作家ぶり見たことねぇだろ? 楽しみにしときな」

そう言って捨て台詞を残し、楠木はコートを抱えて玄関を出ていった。

「……生中継?」

ぽつんと玄関に取り残された貴悠が楠木の言葉の意味を把握したのは、それから数分経ってからのことだった。

別に、見たくて見た訳じゃない。

昼の休憩時に槙田夫人がせっかくだからと、居間のテレビを点けてくれたからそのままにしていただけ。

けれど……。

『原作の喜多川先生にお聞きしますが、主人公の植木職人にはモデルとなった方とかいらっしゃるんでしょうか？』

司会進行役の女性アナウンサーが喜多川に問いかける。

『ああ……、うん。まあ、モデルってぇか、理想……う―ん、それとはまた違うか。けど、こんなキャラクターがいたらおもしろいだろうなって』

画面の中に映し出された喜多川は、ふだんの姿からは想像できないくらい男前に見えたし、それこそ本当に俳優みたいだった。

喜多川が口を開くたびカメラのフラッシュがひっきりなしに瞬き、女性アナウンサーも主役を演じる人気若手俳優より、喜多川に質問を投げかける回数が多く感じる。

――こうやってれば、ホント、イケてんのに……な。

話に聞くばかりで、喜多川が超がつくほどの売れっ子作家だという認識が、貴悠にはあまりなかった。

けれどこうして現実を突きつけられると、イヤでも認めるほかない。

『最後に、喜多川先生。主人公を演じる上で、これだけは注意してほしいといった点はありますか？』

言葉で上手く表現できない気持ちに胸をざわつかせていると、アナウンサーが再び喜多川に質問を投げかけた。

『そんなの、決まってる』

すると喜多川がいきなり、アシスタントの手からマイクを奪った。

「……え？」

貴悠の胸に嫌な予感が過《よぎ》った、直後――。

『注目の若手だかなんだか知らねぇけどな。お前さん、もうちっとケツ、小さくしてくれねぇか？』

喜多川の真剣な表情が画面にどアップで映し出される。

その瞬間、貴悠は声を失い、激しい羞恥に駆られた。そして半分も食べていない弁当をいそいそと片付けると、槙田が不思議そうな目を向けるのも構わず、逃げるように庭へ飛び出したのだった。

「では、私は失礼します。六時頃に荷物が届きますので、それの受け取りだけどうぞよろしく願いしますね」

いつになく浮ついた気持ちのまま、それでもどうにかその日の仕事を終えた貴悠に、槙田が慇懃《いんぎん》に頭を下げて帰っていった。

朝、喜多川に言われたとおり、今日はこの家の作業しか貴悠の予定は入っていない。何をどこまで知っているのか分からないが、植智《うえとも》造園社長の伯父が「そのまま先生トコで晩飯、ご馳走になってこい」なんて言ってくれた。

妙な気恥ずかしさを覚え、なかなか素直に聞き入れられなかった貴悠だが、それは最初だけ。すぐに今日の日を指折り数えて待ちわびるようになっていた。

何故なら今日は、クリスマスイブ。

世間では家族や恋人同士が、特別な夜を過ごす日だ。

しんと静まり返った広い邸内で、貴悠は今になって緊張し始めていた。

クリスマスを……喜多川と一緒に――。

『俺が帰ってくるまで待ってろよ。絶対だぞ!』

今朝、出がけに喜多川が残していった言葉が甦る。

と同時に、見慣れない服を着て芸能人みたいにテレビに映る姿を思い出した。

「……なんだよ、アレ」

あんな喜多川は、知らない。

いつも無精髭を生やして、髪もボサボサで、その辺にある服を適当に着てて、だらしなくて……小尻フェチなんて自分で言う、おかしな変態野郎――。

でも……。

鍵を締めて居間に戻ると、貴悠は畳の上にごろりと横になった。

「テレビ越しでも、声……よかった」

ふだん聞いているより機械を通している分、微妙な雑味を感じたけれど、やはり喜多川の声は聞いているだけでドキドキと胸が高鳴る。

大事な製作発表の場だというのに、少しも気後れする様子もなく、いつもと変わらない喜多川の態度が、貴悠にはとても羨ましく、そして格好よく映ったのだ。

「けど、最後のひと言は、余計だろ」

『ケツ、ケツ、小さくしてくれねぇか？』

テレビなんてほとんど見ない貴悠でも名前を知っているぐらい、今人気絶頂の若手俳優に向かって、サラッとあんなことが言えるなんてさすが喜多川だと思った。

「オッサンらしいけどさ」

クスクスと小さく笑い声を漏らし、仰向けの格好から右肩を下に体勢を変える。

「誰がオッサンだって？」

「……へ？」

不意に背後から呼びかけられ、貴悠は勢いよく起き上がった。

「よぉ、帰ったぜ」

「う、わぁ――っ！」

いつの間に帰宅したのか、喜多川が今朝見たときと同じスーツに黒いコートを着て立っていた。

「なんだよ、小桃ちゃん。そんなに驚くことねぇだろ？」

貴悠のあまりの驚きように、喜多川が不機嫌そうに目を細める。

「だ、だって玄関開ける音とか……聞こえなかったし」

ドキドキする心臓を必死に宥めつつ、貴悠はキッと喜多川を睨み上げた。

「そうか？　ふつうに鍵開けて入ったけどな。……というか」

貴悠の前に膝をつくと、喜多川がすぅーっと目を細めた。無精髭のない整った顔を間近にすると、やはりどうしても気恥ずかしくなる。

咄嗟《とっさ》に顔を背けようとしたが、喜多川が顎先を捉《とら》えるのが早かった。

「あ」

視線が、絡む。

「まわりの音に気がつかないくらい、俺のこと考えてたってこと？」

「――ッ」

レンズ越しにまっすぐ見つめられ、息を呑んだ。恥ずかしくて堪《たま》らないのに、喜多川の手を払うことも、いつもみたいに罵声を浴びせることもできない。

「テレビ、見た？」

問いかけられ、小さく喉《のど》を喘《あえ》がせると、それを返事だと受け取ったらしい。

「まあ、あんなのはどうだっていいんだけどさ。小桃ちゃんがちゃぁ〜んと俺の帰りを待っててくれるか、ずっと不安で仕方なかったんだぜ？」

貴悠の理性をぐずぐずに蕩《とろ》かせてしまう声で、甘えるように囁《ささや》く。

「今日、なんの日か知ってるよね。小桃ちゃん？」

言いながら、喜多川が貴悠の顎の下を指先でそろりとくすぐる。

「……っわ、かって……るっ」

声を上擦らせて返事をすると、喜多川は満足そうに頷いて顎を捕まえていた手を放してくれた。

「うん。じゃあ、そういうワケだから、コレ」

どこかウキウキとした様子で背後に隠し持っていたらしい箱を差し出す。和紙でラッピングされた小箱には渋茶色のリボンかかけられていた。

「え？」

貴悠がきょとんとすると、喜多川が小箱を鼻先に突きつけてきた。

「クリスマスプレゼント」

「……え？」

耳を疑った。

予想していなかった喜多川からのクリスマスプレゼントに、貴悠はただ目を瞬かせるばかり。

「なんだよ、小桃ちゃん。反応悪いな。付き合って最初のクリスマスで、恋人からのプレゼントだぜ？　嬉しくねぇの？」

貴悠の態度に喜多川があからさまに眉を寄せた。

「や、だって……」

嬉しくないはずがない。

好きになった相手がクリスマスプレゼントを用意してくれていたというだけで、貴悠はもういっそこの瞬間に死んでしまってもいいと感じるほど、嬉しく思っている。

「ホラ、これさ。取材で知り合った鍛冶《かじ》職人の剪定鋏《せんていばさみ》。小桃ちゃんの手に合うよう、特別に拵《こしら》えてもらったんだ」

喜多川がビリビリと和紙を破って中の箱を取り出し、いそいそと鋏を取り出してみせる。

「え、うそ……。こんな……」

今日はいったい何度、この男に驚かされればいいのだろう。

目の前に差し出された剪定鋏は、数カ月から数年は待たないと手に入らない、業界では名の知れた職人の手によるものだった。

「嬉しい？　なあ、嬉しい？」

まるで小さな子供みたいに目を輝かせ、喜多川が顔を覗き込んでくる。

「……うん。すげぇ、嬉しい」

貴悠はそう言うのがやっとだった。そっと喜多川が鋏を手渡してくるのを受け取って、握ってみる。すると、持ち手の部分がぴたりと手に吸いつくように馴染んだ。

「あ、りが……と」

掠れ声で礼を言って、頷く。

嬉しさが溢れると同時に、貴悠の胸に情けない気持ちが一気に広がっていた。

「うん、俺も小桃ちゃんが喜ぶ顔が見られて嬉しいよ」

喜多川の言葉に嘘は感じられない。弾んだ声からは心底、貴悠を喜ばせたかったのだという想いが感じとれた。

「……でも、オレ、アンタに……何もあげらんない……」

鋏を握り締め、貴悠はきゅっと唇を噛んだ。

クリスマスイブという今日の日を意識しないわけではなかったけれど、いそいそとプレゼントを用意するなんて軽薄なヤツだと思われやしないだろうか。

そんなくだらない不安から、喜多川へのプレゼントを用意していなかったのだ。

愚にもつかない不安に駆られ、正直な気持ちを押え込んでしまう自分が、情けなくて恥ずかしい。

「そんなコト、気にしなくてもいいのに。小桃ちゃんの喜ぶ顔が見たくて俺が勝手にしたんだからよ」

喜多川がぽんぽんと貴悠の頭を軽く叩く。

掌《てのひら》のぬくもりをわずかに感じながら、貴悠はこの男の飾らない優しさを噛み締めた。

ちょっと風変わりなところがあるけれど、出会ってからずっと、喜多川の貴悠への想いはまっすぐでぶれない。認めるのも、受け止めるのも恥ずかしくなるくらい、真正面から好きだと訴え続けてくれている。

——声じゃなくて、そういうトコに……惚れちゃったのかも。

うっとりと喜多川の純真な瞳を見つめていたとき……。

「……ああ、でも」

気がつくと頭を撫でていた手が肩にあった。

「もし俺にも何かお返しをしなきゃ悪いって小桃ちゃんが思ってるんなら、ひとつだけ、お願い聞いてくれねぇか?」

レンズ越しにキラキラと輝く少年のような眼差しと、少し甘えた掠れ声で言われ、貴悠は深く考えもしないで「うん、いいよ」と頷いていた。

「乗馬ズボンも便利でいいとは思うんだけどさ」

そう言って喜多川が奥の部屋から持ってきたのは、藍染めの職人衣装一式だ。

「やっぱり職人は、江戸からの衣装じゃなきゃな。まずは腹掛けだろ？　そんで下は――」

きれいに折り畳まれた衣装の間から、喜多川がするりと引き出したのは、真っ白な木綿布。

「やっぱコレよ！」

貴悠はぎょっとして目を剝《む》いた。唖然として開いた口が塞がらない。白い布を見た瞬間、まさか……という想いはあったのだ。

「男は黙って、褌《ふんどし》！　江戸の職人たちにとっちゃ、褌は下着ってより仕事着だったんだ」

えっへんと胸を反らせてみせる喜多川に、貴悠は呆れ返って溜息も出ない。

ほんのついさっきまで、一途な男だと惚れ直したばかりなのに……。

「なあ、小桃ちゃん。クリスマスプレゼントに、腹掛けと褌着けて、俺にだけ見せてくんないかな？」

鼻の下が伸びきった下品な顔で、喜多川がいそいそと褌と腹掛けを手に近づいてきた。

「はあっ？　冗談じゃない！　なんで、ふ……褌なんか着けなきゃなんねんだよ……っ」

昔ながらの職人衣装を着てくれ――と言うならまだしも、鯉口シャツもなしに腹掛けをして褌を締めろだなんて、ただの羞恥プレイでしかない。

するとと喜多川が貴悠の目の前で褌をひらひらさせながら、勿体《もったい》ぶった口ぶりで言った。

「あの鋏さぁ……本当なら何年も待たなきゃ手に入らないって、小桃ちゃんも知ってるよねぇ？　あとホルダーも知り合いの職人に頼んで、特別な牛革で作ってもらってさ。……この小桃ちゃんへの気持ち、伝わってないのかなぁ……？」

「う、う……っ」

恩着せがましく言われなくても、喜多川の気持ちはありがたいと思っている。

「俺のたったひとつのお願い、聞き届けてくれるって言ったのは、嘘だったのかなぁ？」

わざとらしく首を捻ってみせる喜多川に、貴悠の胸にあった後ろめたい感情がムクムクと大きくなった。

恋人同士で過ごすクリスマスイブに、プレゼントを何も用意していなかった自分が悪い
――と。

「今夜だけでいいんだ。なあ、小桃ちゃん……貴悠？　ちょっとだけ、着てみてくれよ？」

黙り込んだ貴悠の鼻に自分の鼻を擦《こす》りつけるようにして、喜多川が掠れた声で強請《ねだ》る。

「……アンタ、狡《ずる》い」

喜多川の声でそんなふうにお願いされたら、断れないと知っているくせに……。

「好きなコにお強請りするときの男ってのは、誰だって狡いもんだよ」

吐息交じりに囁いた唇が、貴悠のそれに触れた。

「あ……」

「なあ、貴悠。俺のために、そのかわいい小尻に褌……締めてみせてよ?」

唇を啄《ついば》まれ、甘い声で囁かれると、もうどうしようもない。

「ふ……んどしの締め方なんて、オレ……知らなぃからなっ」

勝手に息が乱れ、声が震えた。

「大丈夫。俺が完璧に締めてやるって」

にこりと満足そうに微笑むと、喜多川が深く口付けてきた。


「おい、オッサン……」

鼓膜を震わせるバリトンに唆《そそのか》されるまま、人生初の六尺褌を身に着けた貴悠は、目の前でハアハアと息を荒らげる喜多川をギロリと睨みつけた。

喜多川邸は古い日本家屋だが、エアコンはしっかり完備されていて裸でも室内は充分にあたたかい。

「コレのどこが昔ながらの江戸職人なんだよ?」

素肌に六尺褌と腹掛けだけを身に着け、仁王立ちして両手を腰にあて、顳《こめ》かみが小刻みに痙攣《けいれん》するのを感じながら、正座して何度も喉を鳴らす男の膝《ひざ》を蹴《け》った。

「ちょっと、乱暴なことするなよ！　言っとくが俺はこれっぽっちも嘘は言ってないからな。ちゃんとした資料に則《のっと》って、江戸の植木職人スタイルにコーディネートしたんだ！」

「ぬぁ〜にが、コーディネートだよ！　この変態っ！　どこの世界に褌と腹掛けで仕事する職人がいるってんだよ！」

怒りと羞恥に頭に血が上る。貴悠は喜多川が逃げないのをいいことに、二度三度とスーツの膝を蹴ってやる。

「イテッ、ちょっ……ホントだってば、ほらっ……この……資料見てみろってば！」

喜多川が膝を崩して畳の上に転がりながら、手にしていた分厚い本を広げてみせる。

「ココ！　見てみなよ！　江戸の職人たちは褌一丁で仕事してたんだ」

言われて足を止め、貴悠はどれどれと本に載っている古い絵に目を凝らした。すると確かに天秤棒を担いだ男や大工らしい男など、尻からげに褌一丁で仕事をしている様子が描かれている。

「……マジ、か」

こうなると、さすがに文句が言えない。

貴悠が諦め顔で足を引っ込めると、すかさず起き上がってきた喜多川が下肢に縋《すが》りついてきた。

「ぎゃーっ！　何すんだ、オッサン！」

剝き出しの尻に頬擦りされて、貴悠は堪らず悲鳴をあげた。

「馬鹿野郎！　夢にまで見た小桃ちゃんの褌だぞ！　これ以上黙って見てられるかってんだ！」

背後からガシッと両脚を抱えられ、振り解こうにも後ろ手に腕を回したのでは上手くいかない。

「クソ……ッ、マジで……堪んねぇ。この丸みといい、張り具合といい、完璧な造型だぜ、まったく！」

はあはあと息を乱して感嘆の声を漏らしつつ、喜多川がべろりと右の尻朶《しりたぶ》を舐め上げた。

「うわっ……！　ば、ばかっ……何する……っ」

ぞわっと悪寒が背筋を駆け上る。

貴悠は右の腕を伸ばしてきれいにセットされた喜多川の髪を摑《つか》むと、引き剝がそうと容赦なく引っ張ってやった。

「イテテッ……。ちょっと小桃ちゃん、せっかくのプレゼントを堪能してるんだから、おとなしくしてろよ！」

喜多川は抵抗しつつも、抱え込んだ尻をさりげなく揉んだり、軽く歯を立てたりする。

「アンタが変なことしてくるからだろ！　……ちょっ、クソ、ばかっ！　そんなトコ、触るな……あ、あっ……うあっ」

足をばたつかせ、整髪料でぬめった髪を引っ張って抵抗する貴悠の股間を、喜多川が大きな手でむんずと鷲摑んだ。

「あれれ？　なんで前がこんなに腫れてんのかねぇ？　ん？」

木綿に包まれた股間を揉まれ、貴悠は堪え切れずに声を漏らしてしまう。

「ゃ、やめっ……」

「やめちゃっていいのかなぁ？　俺が触る前からちょっと大きくなってたみたいだけど？」

尻を舐め上げながら前を弄《いじ》られると、強烈な快感が貴悠を襲った。

「もしかして、期待してた」

唇を尻に押しつけたまま喋られ、まともに言葉を発せられない。

「……ふっ、う、うっ……」

膝が震え、立っているのも辛くなる。褌に包まれた股間が、喜多川の手の中ですっかり硬く勃起していた。

「かわいいなぁ、貴悠。俺にこーんないやらしいことされて、ちんちん勃起させちゃって、もう本当に……食っちまいたいくらいかわいい」

「か、わいぃ……って、言う……なっ」

言い返す声が涙声になっていた。

「馬鹿だなぁ。好きだって言ってんだよ。カッコつける余裕なんてないぐらい、お前に触れたくて仕方ないんだって」

「ばっ……ばかっ！　変態っ……どぅせ、ケツ……が目当て……なんだろぉ」

貴悠の尻に一目惚れしたという喜多川。

尻だけを好きじゃないと分かっているつもりだけれど、不器用で天《あま》の邪鬼《じゃく》な貴悠は素直に受け入れられない。

「分かってねぇなぁ、小桃ちゃん。俺はたとえこの先、お前の尻が丸くなろうが痩せようが垂れようが、じじいになって皺《しわ》くちゃになっても、今みたいに撫でまわして捏《こ》ねくって舐めて齧《かじ》って愛《め》で続ける自信しかねぇんだよ」

「つう、うぁ……」

とうとう堪え切れなくなって膝から崩れ落ち、貴悠は畳に手をついてしまった。

四つ這いの格好で肩を喘がせていると、身体をずらしてきた喜多川に背中から抱き締められる。

「貴悠だってそうだろ？」

喜多川が熱をもって赤くなった貴悠の耳を嚙んだ。

「あっ」

「俺の声が嗄れても、喉が潰れちまっても……そばにいて、ずっとこの庭の面倒もみてくれるんだろ？」

　優しくて、甘くて、少し意地悪な声。

　囁きかけると同時に、喜多川の手が股間だけでなく全身を撫でていく。

「あっ……ぁ、や……やめっ」

　まるで、声に愛撫されているような錯覚に陥る。

「好きだよ、小桃ちゃん」

　熱を帯びた掌が尻を撫で摩《さす》り、やがて褌が食い込んだ谷間に潜り込んでいった。

「あっ……ま、待って……んあっ……あっ」

「待てるか、馬鹿。朝からお前のことで頭がいっぱいで、正直、製作発表で何喋ったかも覚えてねぇーんだ」

　ぎゅっと背中からきつく抱き締められ、一瞬、息が詰まった。

「え……？」

「なんか、もう、ね」

　貴悠の項のあたりに鼻っ面を擦りつけて、喜多川が犬みたいに甘える。

「オジサン、本気で小桃ちゃんがいないとダメみたい」

　素肌に吐息がかかるたび、貴悠は小さく身体を戦慄《わなな》かせた。

「ダ、ダメみたいって……」

こうしている間も、喜多川の手が身体のあちこちを這い回っている。

「だからさ、やっぱりもうココに住んじゃいなよ」

以前にも、喜多川に一緒に暮らそうと言われたことがあった。

『俺の声、ずぅーっと聞き放題だぜ？』

正直に告白すると、かなり心が揺れた。

でも……臆病な貴悠は、もしまた……振られたらと思うと、頷くことができないでいるのだ。

「まだ、怖い？」

喜多川が貴悠の心を覗き見たかのように、背後から訊《たず》ねる。

「……う、あ……やめろって……」

捻って腰に挟み込んだ褌の端を、喜多川がそろりとゆるめていく。もう一方の手が腰を抱え、木綿の生地を濡らし始めた屹立を握った。

「じゃあ、さ」

ゆっくりと揉みしだきながら、喜多川が切なげに囁く。

「ふっ……あ、あっ……な、なにっ……？」

前を弄られ、後ろをそろりと撫で上げられ、貴悠はだんだん何も考えられなくなっていった。

羞恥を上回る快感が、喜多川の声と触れる指先によってじわじわと高められていく。

「同居してくれなくていいから、かわりに月に一度だけ、褌と腹掛け姿見せてくれるって、約束して?」

先走りが滲んだ木綿と一緒に勃起を擦り上げられ、貴悠は堪らず甲高い声を放った。

「ああ……っ」

「なあ、小桃ちゃん。……貴悠、いいだろ?」

耳許で理想の声が囁く。

鼓膜が震えるのと同時に、下腹がビリビリと痺れた。

「っ……い、いい。も、なんで……もいいからぁっ……」

いつの間にか、尻に喜多川の指先が潜り込んでいた。そうして、クニクニと窄《すぼ》まりを押し拡げ、襞をやわらかく解きほぐしていく。

褌の下、貴悠の性器が喜多川の指の動きに合わせ、ピクンピクンと跳ねながら先走りを漏らしていた。

このまま中途半端に焦らされたら、気が変になってしまう。

「ん? なぁに? 何がいいんだよ」

「ひ、うぅ……っ」

分かっているくせに——と思っても、貴悠の口から零れ出るのは、甘く濡れた嬌声ばかり。

「ちゃんと答えないと、最後までシてあげないよ?」

「す、むっ……いっしょ……住むか……らっ」

こんな羞恥プレイを毎月だなんて、どうあっても耐えられない。

それならば、いっそ腹を括って、好きな男と暮らした方が、いい――。

「もぉ……っ、はやく……」

焦れったくて、自分から尻を突き出すようにして強請ってしまう。

「うんうん、分かったから。エッチが終わったら、引っ越しの相談しようね」

喜多川が上機嫌な声で返事をしたかと思った直後、尻の谷間と褌の隙間から、恐ろしいほどの熱量を蓄えた肉棒が潜り込んできた。

「あ、や……」

咄嗟に腰を引いて逃れようとしても、もう、遅い。

「愛してるよ、俺の……小桃ちゃん」

耳朶《じだ》を甘く嚙みながら、喜多川が焼け爛《ただ》れた欲望で思いきり貴悠を貫く。

「ヒッ……」

目の前に一瞬、いくつもの星が飛び散る。

「あ、ああ――っ!」

一気に最奥まで穿たれ、喜多川の腕の中で弓なりに背を仰け反らせた。

「……っ、キツッ」

喜多川がかすかな呻き声を発する。

「あ、……あっ」

その余裕のない声に、貴悠はいっそう劣情を煽られた。

ブルル……と全身が瘧《おこり》のように震えたかと思うと、下腹がじわりと熱くなる。

「ぁ、あ、あ……」

触れられてもいないのに、一瞬で絶頂の波が押し寄せ、貴悠は白い褌の中に勢いよく精を放った。

「え……まさか、イッちゃったのかよ？」

さすがに喜多川が困惑の声を漏らす。

「ハッ……ハァっ……」

絶頂の余韻の中、貴悠はぼんやりとその声を聞いていた。

「まったく……ホント、かわいいったらありゃしないね。俺の小桃ちゃんは——」

そうして片脚を抱え上げられたかと思うと、次の瞬間、貴悠はさらなる快感の波に攫《さら》われたのだった。


気がつけば朝を迎えていた。

喜多川の寝室で布団に寝かされていた貴悠は、目を覚ますと同時にこの家には随分と不似合いな大きなクリスマスツリーを認めた。鉢のそばには、昨夜、喜多川からプレゼントされた剪定鋏が置かれている。

「お、目ぇ覚めたか。小桃ちゃん」

そのとき、スッと襖が開いて喜多川が姿を現した。起き上がるのも面倒なほどの倦怠感に包まれた貴悠とは相反して、軽い足取りで枕許にやってくる。

「今日は休みだって言ってたろ? 昨日は嬉しくって無理させちゃったから、ゆっくりしてな」

今までにないくらい機嫌のいい喜多川を、貴悠は訝しみつつ見つめていた。

「あ、あとさ。同居の件、社長にいつ報告するよ?」

「……は?」

寝起きで思考が働かず、黙って聞いていた貴悠だったが、ここへ来てようやく昨夜の情景をおぼろげに思い出した。

『いっしょ……住むか……らっ』

快楽と焦燥に焦れるあまり、つい口走ってしまった台詞。

——うわ……。

今さら「アレはなしだ」「取り消してくれ」と言ったところで、喜多川が聞き入れるはずがない。

それに、意固地になってはいるが、貴悠だって本気で同居を避けているわけじゃなかった。

「いや、とりあえず、先に挨拶に行かなきゃだな」

喜多川はすっかり浮かれた様子で一人盛り上がっている。

「ほら、三つ指ついて『小桃ちゃんを俺にください』ってさ」

「馬っ鹿じゃねぇの」

へらへらと脂下《やに》がった顔の喜多川に冷たく吐き捨てると、貴悠は上掛けを頭まで被った。

「え、おい、小桃ちゃん？　貴悠クン？　なんか俺、怒らせるようなこと言った？」

布団越しに喜多川の不安げな声が聞こえる。

けれど、貴悠は何も答えなかった。

言えるわけが、ない。

恥ずかしくて、嬉しくて、幸せ過ぎて、怖い、だなんて——。

ずっと夢に見ていたのだ。

心から、自分を好きになって、求めてくれる恋人を。

そうしてともに、生きる未来を——。


けれど、貴悠は知らなかった。

同居した後、月に一度どころかしょっちゅう褌を締めさせられることになるなんて——。

「愛してるよ、小桃ちゃん」

そして、ビブラートのかかった低く掠れた声で甘く囁かれ、それこそ、尻が完熟した桃みたいに濃いピンクに腫れるくらい、喜多川に散々愛され、啼かされることを……。

そんな溺愛の日々を、貴悠は想像だにしていなかった。

あとがき

「四ノ宮さんが、無精髭のくたびれたオヤジがお好きなのはよく分かります」

「ありがとうございます！　じゃあ……っ！」

私は電話越しだけど前のめりになりました。

「けど、くたびれ具合にも限度というものがありますよね？」

「……えっと、それはどういう……？」

「読者さんがドン引くようなくたびれ具合はダメですよ」

淡々とした担当さんの声を聞きながら、どこまでも見透かされているなぁ……と、ないはずの〇玉が縮み上がった日が、ついこの間のことのように思い出されます。

＊　＊　＊

こんにちは、四ノ宮慶です。ルチル文庫様から二冊目を出していただくことができました。手にとってくださいまして、本当にありがとうございます。

水名瀬雅良先生のイケオジっぽい表紙に釣られて読んでみたら、フェチを拗らせたアンポンタンな小尻フェチオッサンで「おいおい……」となった方がいらっしゃるんじゃないかな……と、実は結構ドッキドキです。

水名瀬先生とはデビューから一度はご一緒したいと思っていたので、素敵な絵を添えていただけて本当に感謝しています。挿絵を担当していただけると聞いたときから、小桃ちゃんのビジュアルは水名瀬先生の絵柄で動いておりました。どうせなら、こんなフェチの変態さん同士じゃなくしっとり切ない年の差ものでご一緒したかった……ぐぬう。もしご縁がありましたら、また是非お力添えください。この度は本当にありがとうございました。

毎度お世話になっております、担当様。どうしても自分の萌えを探求しようとすると、ニッチ街道を明後日の方向へ駆け出してしまうのですが、今回も見事な手綱捌きによって、下手したらただの小汚いオッサンになっていた喜多川が【くたびれてるけど実はイケオヤジ】になりました。今後も的確なアドバイスをよろしくお願いします。

そして、このお話を読んでくださった皆さん。少しでも楽しんでいただけたら嬉しいです。よろしければ是非、ご感想等お聞かせください。

さて、最後に——。

今回の攻めはまったくと言っていいほど乳首に興味ナッシングだったので、次回は是非、乳首フェチを登場させ、存分に乳首責めを書きたいです。あと、もうちょっとお褌シーンが書きたかったです！（リベンジをどこかでっ！）

では、また次のお話でもお会いできますように……。

✦初出　溺愛ボイスと桃の誘惑………………書き下ろし
　　　　溺愛ボイスのプロポーズ……………書き下ろし

四ノ宮慶先生、水名瀬雅良先生へのお便り、本作品に関するご意見、ご感想などは
〒151-0051 東京都渋谷区千駄ヶ谷 4-9-7
幻冬舎コミックス　ルチル文庫「溺愛ボイスと桃の誘惑」係まで。

幻冬舎ルチル文庫

溺愛ボイスと桃の誘惑

2016年12月20日　第1刷発行

✦著者　四ノ宮慶　しのみや けい

✦発行人　石原正康

✦発行元　株式会社 幻冬舎コミックス
〒151-0051 東京都渋谷区千駄ヶ谷 4-9-7
電話 03(5411)6431[編集]

✦発売元　株式会社 幻冬舎
〒151-0051 東京都渋谷区千駄ヶ谷 4-9-7
電話 03(5411)6222[営業]
振替 00120-8-767643

✦印刷・製本所　中央精版印刷株式会社

✦検印廃止

ISBN978-4-344-83877-2　C0193　Printed in Japan